卡內基

語言的突破。

戴爾·卡內基 著

雲中軒 譯

最[illegible]銷
勵[illegible]經典

全新

N[illegible]
VER[illegible]

The Quick and Easy Way to
Effective Speaking

《成功有效的團體溝通》

卡內基三大經典著作 人類出版史上的奇蹟

我從8歲就開始讀卡內基先生的著作，
現在的年輕人們，你們越早讀卡內基的作品，
你們的人生就會越早獲得啟發。 ——**華倫·巴菲特** *Warren Buffett*

前言

戴爾・卡內基，被譽為二十世紀最偉大的人生導師，一生中寫作《語言的突破》、《林肯傳》、《人性的弱點》、《美好的人生》、《偉大的人物》、《人性的優點》、《快樂的人生》等多部作品。這些書構成卡內基為人處世、通向成功之路的成功學體系，與他的成人教育培訓班相輔相成，改變傳統的成人教育方式，影響千百萬人的生活。

卡內基於一八八八年十一月二十四日出生在美國密蘇里州的一個貧苦農民家庭。他是一個樸實的農家子弟，童年和美國中西部農村的其他男孩沒有什麼不同，他幫父母做雜事、擠牛奶，即使貧窮也不以為然。這或許是因為他根本不覺得自己家裡很貧窮。在那個沒有農業機械的年代，他和父親同樣做著那些繁重的工作，一年的辛勞卻可能因為一場水災而付諸東流，或是被驕陽曬枯，或是餵了蝗蟲。

卡內基眼見父親因為這些永無終止的操勞而備受折磨，發誓絕對不拿自己的一生和天氣及收成賭博。

如果說卡內基的童年和其他農村男孩有什麼不同，主要是受到他母親的強烈影響。她是一名虔誠的教徒，在嫁給卡內基的父親之前當過教師。她鼓勵卡內基接受教育，她的夢想是讓兒子將來當一名傳教士或教師。

一九〇四年，卡內基高中畢業後就讀於密蘇里州華倫斯堡州立師範學院。他雖然得到全額獎學金，但是由於家境貧困，他必須做各種工作，以賺取必要的學習費用。這使他感到羞恥，養成一種自卑的心理。因而，他想尋求出人頭地的捷徑。

在學校裡，具有特殊影響和名望的人，一類是棒球球員，一類是那些辯論和演講獲勝的人。他知道自己沒有運動員的才華，就決心在演講比賽上獲勝。他花了幾個月的時間練習演講，但一次又一次地失敗了。失敗帶給他的失望和灰心，甚至使他想到自殺。然而第二年裡，他開始獲勝。

當時，他的目標是得到學位和教師資格證書，以便在家鄉的學校教書。

但是，卡內基畢業後沒有去教書。他前往國際函授學校總部所在地丹佛市，為該校做推銷員，薪水是一天兩美元，這筆佣金可以支付他的房租和膳食，此外還有推銷的獎金。

卡內基儘管盡了最大的努力，但是不太成功，於是又改而推銷肉類產品。

為了找到這種工作，他一路上免費為一個牧場主人的馬匹餵水、餵食，搭這個人的便車來到了奧馬哈市，當上推銷員，週薪為十七・三一美元，比他父親一年的收入還要高。

卡內基的推銷雖然做得很成功，成績由他那個區域內的第二十五名躍升為第一名，但是他拒絕升任經理，而是帶著存下來的錢來到紐約，當了一名演員。作為演員，卡內基唯一的演出是在話劇《馬戲團的包莉》中擔任一個角色。在這齣話劇旅行演出一年之後，卡內基斷定自己做戲劇這行沒有前途，於是他又改回推銷本行，為一家汽車公司推銷汽車。

但做推銷員不是卡內基的理想。

在從事汽車推銷的時候，他很懷疑自己的能力。有一天，一位老者想要買車，卡內基又背誦那套「車經」。

老者淡淡地說：「無所謂，我還走得動，開車只是嘗一嘗新鮮勁兒，因為我年輕時曾夢想成為汽車設計師，那個時候還沒有汽車……」

老者的一番話慢慢吸引了卡內基。他詳細地和老者討論起公司的情況，後來話題又轉到了他們的生活方面。卡內基講述自己最近的煩惱：「那天凌晨，對著一盞孤燈，我對自己說，我在做什麼，我的夢想是什麼，如果我想要成為作家，為什麼不從事寫作？你認為我的看法對嗎？」

「好孩子，非常棒！」老者的臉上露出輕鬆的笑容，繼而說：「你為什麼要為一個你不關心又不能付你高薪的公司賣命？你不是想賺大錢嗎？寫作，在今天也是一個好工作呀！」

「不，老先生，放棄工作是不可能的，除非我有其他事情可以做。但是我能做什麼？我有什麼能力能讓自己滿意地賺錢和生活？」卡內基問。

老者說：「你的職業應該是可以使你感興趣，並且發揮才能的。既然寫作很適合你，為什麼不試試看？」

這讓卡內基茅塞頓開，埋藏在胸中奔湧已久的寫作激情被老者的幾句話啟動了。從那天起，卡內基決定換一種生活。他要當一位受人尊敬、愛戴的偉大作家……

一個偶然的機會，卡內基發現自己所在城市的青年會在招聘一名講授商務技巧的夜大老師，於是他前去應徵，並且被錄用。

卡內基的公開演講課程，不僅包括演講的歷史，還有演講的原理知識。除此之外，他還發明一種獨特而非常有效的教學方式。

他第一次為學員上課時，就直接點名讓學員談他們自己，向大家講述他們日常生活中發生的事。當一個學員說完以後，另一個學員接著站起來說，然後再讓其他學員站起來說。這樣，直到班上每個學員都發表過簡短的談話。卡內基後來說：「在不知道應該怎麼辦的情況下，我誤打誤撞，找到了幫助學員克服恐懼的最佳方法。」從此以後，卡內基這種鼓勵所有學員共同參與的教學方法，成為激發學員興趣和確保學員出勤的最有效方法。雖然這種方法在當時尚無先例，也沒有什麼方法可以評定他這套方法的效果，但是它確實奏效了，並且已經在全世界教出許多更會說話而且更有信心的人。

這個哲理的成功，可以從成千上萬名畢業學員寫來的信中得到證明。寫這些信的學員有工廠工人、家庭主婦、政界人士、公司負責人、教師及傳教士，他們的職業遍及各行各業。

卡內基
語言的突破。

卡內基於一九五五年十一月一日去世，只差幾個星期就六十七歲。追悼會在森林山舉行，被葬在密蘇里州他父母親的附近。

一九五五年十一月三日，華盛頓一家報紙刊載以下這段文字：「那些憤世嫉俗的人過去經常揣測，如果每個人都接受並且遵照卡內基的話去做，那將會成什麼局面？卡內基先生在星期二去世了，他從來不屑於這些世故者的風涼話。他知道自己所做的事，而且做得極好。他在自己的書中和課程上，努力教導一般人克服無能的感覺，學會如何講話、如何為人處世。」

「千百萬人受到他的影響，他的這些哲理如文明一樣古老，如『十誡』一般簡明，但是對於人們在這個狂亂的年代裡獲得快樂和成就極有幫助。」

目錄

一第二章一

演講、演講者、聽眾

一第三章一 不同類別的演講要領

一第四章一 有效溝通的藝術

第五章 有效說話的挑戰

第六章 增強記憶力的有效法則

第一章

有效溝通的基本原則

The Quick and Easy Way to Effective Speaking

Carnegie

演講的基本技巧：勇氣和自信

一九一二年，我開始設班講授如何當眾說話的課程。正是在這一年，「鐵達尼號」郵輪沉沒到了北大西洋的冰海之中。自從開設訓練班之後，很多人深受其益，上百萬學員已經從這個訓練班中畢業，並使他們的生活和事業發生極大的改變。

在我的訓練班開始的第一講，我都要讓學員講述自己為什麼要來上課，他們期望從這種訓練中獲得什麼結果。當然，每個人的說法各不相同，但令人驚奇的是，在這些學員的發言中，絕大多數人的主要願望和基本需求竟然如出一轍。他們都認為：「當人們要求我站起來說話時，我就感到很不自在，心裡害怕極了，腦子也亂得像一鍋粥，頓時無法清晰地思考，也不能集中注意力。我記不清自己說了什麼，也不知道下一句該怎麼說。我希望從這個訓練中獲得自信，可以在任何場合泰然處之，可以站在眾人面前隨心所欲地思考，可以在他人面前或是談生意的時候清楚地表達自己的意見，並有效地說服他人。」

這些話聽起來是否也讓你覺得耳熟？你是否也有過這樣的經歷？你是否也感到心有餘而力不足？你是否也想過要付出一番努力，以使自己可以在他人面前口若懸河，令人口服心服？我相信你一定會回答

「是」，並且迫切需要實現這一點，因為你已經手捧這本書了。

如果你有機會當面和我說話，我想你一定會問：

「……但是，先生，你真的認為我可以培養出一種自信，並且可以面對人群，自然流暢而有條理地對他們講話嗎？」

在我的一生中，幾乎所有的精力都致力於幫助人們消除恐懼，增強勇氣，培養信心。訓練班學員身上發生的奇蹟，足以讓我寫出好多本書。因此，面對這樣的提問，我只能如此回答：「不是在於我『認為』你能否做到這一點，關鍵在於你！只要你按照書中的指引和建議去不斷練習，我相信你一定會做得到！」

為什麼當你站在眾人面前時，就無法像坐著時那樣盡情地思考？為什麼你一站起來對人講話，就會嚇得發抖，聲音發顫？這其中當然有一定的原因。但是，這些情況是可以彌補和避免的，只要你堅持訓練，就會逐漸消除對聽眾的恐懼感，並帶給你更大的自信。

本書不是一本普通的演講教科書，不是著重向你介紹一些如何說話的技巧和法則，也不是僅教給你一些關於如何發聲、發音的生理學知識，而是講述我幾十年的訓練成人有效說話所取得的經驗和成果。你從現在開始，不必做出刻意的改變，順其自然地讓你成為自己期望的自我。但是有一點你必須做到：按照本書中的建議去做，盡量運用到每次說話場合中，只要你堅持不斷，就可以達到你期望的目標。

為了讓你發揮本書的最大效用，並且很快進入狀態，請遵循以下四個十分有效的原則。

借別人的經驗鼓起勇氣

世界上不存在天生的演講家。當眾演講曾經在一個特定時期裡被視為一門精緻的藝術，人們說話時必須謹遵修辭、講究語法，並且注重一種優雅的演講方式。在這種情況下，想要成為一個天生的演講家更是難上加難。現在，我們把演講看成是一種更加廣泛的交談，人們已經厭倦過去那種過於誇張的演講方式。當我們與人共進晚餐，在教堂做禮拜，觀看電視或聽收音機時，我們都喜歡聽到他人率直的真言，並且喜歡那些可以引發思考和討論的話題，不喜歡演講者僅僅是一味的說教而已。

當眾演講是一門開放的藝術，不像許多學校的教科書所說的那樣：當眾演講只是少數人可以精通的藝術，必須經過多年的訓練，使自己的聲音和語調更加完美，並且運用複雜的語法修辭知識才能成功。事實並非如此。我的教學生涯就是要向眾人表示一點：當眾說話其實一點也不困難，只要遵循一些簡單而重要的規則就可以。

一九一二年，我在紐約市第一百二十五街的青年基督協會開始給成人訓練班的學員們授課時，也與那些初期的學員們一樣具有相同的感覺。我採用的講授方法，與我在密蘇里州的華倫堡上大學時受教育的方式類似。但是這樣的方法很快就被證明是錯誤的——我竟然把商界中的成人們當成剛入學的大學生來教。我發現韋伯斯特、柏克皮特及歐康內爾等著名演講家的理論無法派上用場，讓學員們一味遵循模仿根本無法提升他們的演講實戰能力。這些付費特地來參加訓練的學員們所要得到的是敢於讓自己站起來與人說話的勇氣，以便在下次商務會議中清晰而有條理地提出報告。於是，我徹底地拋棄那些教科書。僅靠一些簡單的概念，直接在講台上和學員們討論，直到他們能有效地提出自己的報告為止。看來我這一招還真奏效，因為要求訓練的人不斷前來，他們都希望得到更多的訓練。

這些學員透過我的訓練和他們的個人努力很快就實現了自己的願望，因此他們特意寫信表示謝意。在許多人之中，有一個例子在我寫作此書時突然閃現在我的腦海裡，對我影響極大。先讓我們來看看這個故事：

多年前，一位費城的商業成功人士D・W・甘特先生報名參加我的訓練班，剛參加不久，他就邀我共進午餐。餐桌上，他傾身往前，向我說：「先生，以前在各種聚會中遇到說話的機會時，我都盡力迴避，可是這種機會對我而言真是太多，有時我不得不開口講幾句。如今，我當選為一所大學的董事長，每次開會時我必須出來主持會議。以你看來，像我這麼大歲數的人。還有可能學會當眾說話嗎？」

我向他做出保證，因為在我的訓練班上類似的情形並不少見，可是後來他們都改變了，我相信甘特先生也一定可以做到。

大約過了三年，我們又在同一餐廳、同一餐桌共進午餐，這讓我想起我們當時的那次談話，於是我便提起從前的談話，問他當初的預言是否已經實現。他微微一笑，從口袋中取出一本紅皮的小筆記本，裡面記錄的全是他發表演講的時間表，而且日程已安排到好幾個月之後了。他說：「可以站在講台上演講是一種享受。演講能帶來無窮快樂，並且獲得一些意想不到的效果，這是我一生中最高興、最令人滿足的事。」

事情還不止如此，甘特先生接著又講述一件十分得意之事：有一次，英國首相應邀來到費城，並且要在一個教堂發表演講。首相很少到美國，陪同首相訪問並負責講解的費城人就是甘特先生。這讓他感到多麼榮耀！

也正是這位甘特先生，三年前還與我坐在這家餐廳的桌邊，膽怯地問我：「先生，我能否有朝一日也可以當眾暢談自如？」

使甘特先生說話的能力提高得如此之快的不是什麼神奇的力量，他只是我的研討班裡一個很平常的案例。在我的訓練班上，類似的例子還有數百例，讓我隨便再舉一個例子：

幾年前的冬天，布魯克林的一位醫生科迪斯前往佛羅里達州度假。他度假的地點正好距離「巨人隊」的訓練場地不遠。他本人也十分酷愛棒球運動，在度假時，他經常去看他們練球。沒過多久，他就和一些球員成為好朋友，並且被他們邀請去參加一個為球隊舉行的宴會。

侍者端上咖啡與糖果之後，客人們邀請幾位貴賓上台「說幾句話」。宴會主持人宣布：「今天晚上，有一位醫學界的朋友光臨，我們特別邀請科迪斯醫生給我們談談棒球隊員的健康問題。」科迪斯先生事前沒有任何的準備，他也不知道自己會被邀請發言。

對於科迪斯醫生來說，這是否是一個深奧而陌生的話題？當然不是！他對這個問題應該具有充分的把握，甚至根本用不著準備，因為他是研究衛生保健的，而且行醫三十多年。如果你與他坐下來，他可以向你就這個問題侃侃而談，甚至可以談上一整晚。但現在主持人要他上台當眾講話，儘管他要講的是同樣的問題，而且面對的也只是眼前的一群人——那就是另外一回事。對他來說，這似乎是一個令他不知所措的難題。他心跳的速度加快了一倍，而且他一沉思，心臟就立即停止了跳動。他從未當著眾人講過話，此時他腦海中的所有思緒彷彿都長著翅膀飛走了。

此時，宴會上所有人都在使勁地鼓掌。大家都望著科迪斯醫生，他搖搖頭，表示謝絕。但是他越是這樣做，越引來更熱烈的掌聲，客人們紛紛要求他上台演講。「科迪斯醫生，請說幾句，說幾句吧！」人們的呼聲越來越大，也更加堅定，使得他實在無法拒絕。

這種情形真是讓科迪斯醫生感到極為悲哀。因為他最清楚，如果他站起來對著大家說話，他將無法說出五六個完整的句子。被逼無奈之下，他只好站起身，一句話也沒說，轉身背對著他的朋友，默默地走了出去。他感到十分難堪，更覺得這對自己是一種莫大的恥辱。他覺得自己真是太失敗了，對著眾人連話都講不出來！

就這樣，報名參加我的有效說話的訓練課程，成為他回到布魯克林所做的第一件事。他不願再度陷入那種令人面紅耳赤、啞口無言的窘境。

訓練班的老師最喜歡這樣的學員，因為這樣的學員已經深切體會到一種迫切的需要，急切希望自己擁有一種脫口而出、語出驚人的演講能力。在每次訓練課上，他都是徹底地準備好自己的講稿，積極主動地加以練習，從來不缺席訓練課程中的每個課程。

他訓練得如此努力，提高的速度連他自己都感到驚訝，並且超越他的自我預期。經過最初的幾節訓練課之後，他完全消除自己的緊張情緒，信心也越來越強。兩個月後，他已經成為訓練班上的優秀演講者，不久就被許多地方邀請到各地演講。現在，他已經非常喜歡演講的那種感覺，以及那種獨特的欣喜。透過演講，他獲得榮譽，並且交到更多的朋友。

紐約市共和黨競選委員會的一名委員，在聽過科迪斯的一次演講之後，立即邀請他到全市各地為共和黨發表競選演講。如果有人對這位政治家說，就是在一年以前，這位令他欣賞的演講家曾經因為張口結舌說不出話來，而且害怕面對觀眾，只好在羞愧與困惑的窘境下轉身離開時，這位政治家一定會大吃一驚，無法相信！

想要讓自己獲得一種勇氣和能力，以便在你當著一群人發表談話時可以冷靜而清晰地思考，這不像大多數人想像的那麼困難，這不是上帝專門恩賜給某些人的禮物。就像打高爾夫球一樣，任何人都可以發掘出其潛在的能力，只要你有這樣去做的欲望就可以。還有另一個例子：

一天，我的辦公室來了一位客人，他是B．P．古利奇公司董事長大衛．古利奇先生。一進門，他就開口說：「我這一生中，每逢自己要講話時，沒有一次不是驚恐萬狀的。身為公司董事長，我不可能不主持召開會議。董事們都是我多年熟悉的常客，大家圍桌而坐時，我和他們談起來順暢自如，一點障礙都沒有。然而如果我起身說話，就會驚恐萬分，一個字也說不出。這種情形已經存在多年了。我不相信你能幫我什麼忙，因為我這個毛病實在太嚴重了，而且由來已久。」

「哦，」我說，「你既然認為我幫不上你的忙，你為什麼還來找我？」

「因為我很想試試自己的運氣。」他回答，「我有一個會計師，他替我處理私人帳目，他平時很羞怯。他走進自己的辦公室之前，要先穿過我的辦公室。好多年來，每當他走過我的辦公室時，總是躡手躡腳，眼觀地面，難得說一個字。但是最近，他整個人好像變了。如今他走進我的辦公室時，下顎抬起，眼裡閃著絲絲光亮，而且還主動地向我打招呼：『早安，古利奇先生。』他說話和走路的時候信心十足，神采奕奕。對於他的這種改變我十分吃驚，便問他：『是誰向你施了什麼魔法而使你發生這種變化？』他告訴我，他參加你的演講訓練課程，並且變成現在的他。就是因為這樣，所以我想要找你試試。」

在大眾面前講話。

我堅定地告訴古利奇先生，定期來上課，並且真正按照訓練的要求去做，不用幾個星期，他也會喜歡

「你要真是讓我做到這一點，我就會成為世界上最快樂的人之一。」他回答。

後來，他果然報名參加我的訓練班，並且堅持上課，與我想像的一樣，他在班上進步神速。三個月以後，我請他參加在阿斯特飯店的舞廳裡舉行的一個千人聚會，並且安排他向大家談談他從我們的訓練中所獲得的幫助。他說很抱歉，因為事先有約，他不能去。可是第二天，他打電話給我：「我要向你道歉，我把約會取消了。我要來參加聚會，並接受你的演講安排，這是我欠你的。我要把訓練中的收穫真實地告訴大家。我這樣做，是想透過我自己的切身體會來激勵大家，讓他們也主動消除那些殘害他們生命的恐懼之感。」

本來我只給他安排兩分鐘的演講時間，結果他對著上千人，滔滔不絕地講了十多分鐘！

在我的訓練班上，恐怕遠遠不止數千起類似的神奇故事。我親眼看到那些男男女女由於受到訓練而完全改變自己的生活和事業，其中有好多人獲得自己夢寐以求的提升，還有些人在事業和社會上處於了顯赫地位。一次得體的講話就足以使人大功告成。讓我們來看看馬里奧・拉卓的故事：

幾年前，我收到一封來自古巴的電報，甚感意外。電報上說：「除非你拍電報反對，否則，我這就前

來紐約接受你的演講訓練。」信的署名者是「馬里奧・拉卓」。他是什麼人，我想都想不起來，也從未聽說過。

拉卓先生到紐約以後解釋說：「哈瓦那鄉村俱樂部要為創始人慶祝五十歲的生日，我應邀參加並想贈送一個銀盃給他，而且我還要擔任當晚的主持人。我雖然是一名律師，卻不曾公開進行演講。想到這場演講，真是害怕極了。如果表現得不好，那會令我和太太在社交場合很難為情。再說，那樣也會降低我在顧客面前的身分。因此，我特意從古巴趕過來向你求援。我只能停留三個星期。」

在那三個星期裡，我讓馬里奧從這個班轉到那個班，每晚要演講三四次。三個星期之後，他參加「哈瓦那鄉村俱樂部」的盛大聚會並且發表演講。他的演說精彩絕倫，《時代》雜誌竟然在「國外新聞」專欄裡做了特別報導，而且讚譽他為「銀舌的雄辯家」。

這個故事讓我們聽著真像是奇蹟，對吧？它確實是奇蹟——二十世紀克服恐懼的奇蹟。但這也是我親歷的事實！

不要忘記你的目標

我一直認為，可以從當眾演講中獲得快樂是成功演講的首要原因，就像前面提到的甘特先生的故事，我相信，這個因素比其他任何因素更為重要。他確實是接受了我們的指導，並遵循我們的建議，毫不偷懶地完成我們的功課。但是，我相信他可以做到這些，是因為他自己想要去做，而他之所以要做，是因為他預想自己一定會成為成功的演講者。他將自己融入到未來的形象之中，然後努力使其得以實現。這就是你必須切實付出的行動。

全力以赴、充滿自信與口吐蓮花的說話能力對你是極其重要的。想想這種能力對你結交朋友以及在社交上的重要性；想想你因此而增強自己服務於他人、社會的能力；想想這種能力對你的事業所造成的影響……簡言之，它將為你未來領導他人和個人成功鋪平道路。

《演講季刊》上刊登一篇聯合國教科文組織主席艾林先生的文章，題為「演講與領導在事業上的關係」。他說：「在商業領域的歷史中，許多人是憑藉講壇上的傑出表現而承蒙器重的。許多年前，有一位堪薩斯州一個小分行的主管，在做了一場精彩無比的演講之後，今天已經成為我們的副總裁，負責業務的拓展。」

從容不迫地在眾人面前侃侃而談的能力將使你前途無量。有一位畢業的學員亨利・伯萊斯通，他是美國西弗公司的總裁。他深有感觸地說：「與他人進行有效的交談，並且贏得他們的合作，這是那些往上爬的人們應該努力培養的一種能力。」

想一想，當你信心十足地起身與聽眾共用自己的思想和感覺時，那是多麼令人滿足和舒暢呀！我曾幾度環球旅行，但是憑藉語言的力量征服全場聽眾的那種快樂和愉悅，是很少有其他事情可以替代的。在那種場合下，你會有一種強大的力量之感。有一個畢業的學員說：「開始說話前兩分鐘，我寧可挨鞭子，也開不了口；可是說到臨結束前兩分鐘時，我又寧可被槍斃也不願停下來。」

現在就請你開始想像自己面對著很多聽眾，想像你自己正滿懷信心、邁步向前，聽聽你開講後全場的那種鴉雀無聲；感覺感覺在你激昂陳詞之際聽眾的那種全神貫注；感受感受你離開講台時那熱烈掌聲的溫馨；聽聽聚會結束後部分聽眾對你的大加讚賞……

哈佛大學著名的心理學教授威廉・詹姆斯曾經寫下四句話。這四句話，很可能對你的一生產生深遠的影響。這四句話，是阿里巴巴勇探寶穴的開門口訣：

如果你對某個目標足夠關注，你就會實現這個目標。

如果你希望做好，你就會做好。

如果你期望致富，你就會致富。
如果你想要博學，你就會博學。

只有那樣，你才會真正地期盼這些事情，心無旁騖地一心期盼，而不會再把大量精力花在那些毫不相干的瑣事上。

無論任何課程，只要你滿懷熱忱地去學習，一定可以學好。

因此，學會說話的原則其中一條是：想像自己成功地做著目前自己所害怕去做的，全心全意地想著自己可以當眾說話，並且被人接納時會有怎樣的利益。牢記威廉・詹姆斯的話：「如果你對某項結果足夠關心，你就會實現這種結果。」

立下必須成功的決心

有一次，一位廣播主持人在節目中要求我用三句話來說明我曾學到的最重要的一課。我說：「我所學到的最大教訓是：我們的所思所想非常重要。如果我知道你的思想，就可以瞭解你這個人，因為你的思想造就了你這個人。透過改變自己的思想，我們就可以改變自己的一生。」

現在，你已經把自己的目標定在增加自信心和進行行之有效的交談上。從現在起，你一定要積極而非消極地思考問題，你的這番努力終會成功。你一定要讓自己在眾人面前說話時保持一種輕鬆樂觀的看法。你一定要把自己的決心表現在每個詞句、每項行動之上，並全力培養這種能力。

以下有一則故事，可以強有力地證明一點：任何人若想迎接語言挑戰，達到言簡意賅的效果，就必須具備斷然的決心。我要講述的這個人，他已經高高地登上事業的階梯，成為商界的傳奇人物，但是在大學時代，他每次起立講話時，卻因語言遲鈍而失敗。老師指定的五分鐘演講，他講不到一半，便臉色發白，噙著眼淚匆匆走下講台。

這位學生雖然有如此經歷，但是他不甘心讓這樣的失敗將自己擊倒。他下定決心要做一個優秀的演講家，並且付諸真正的行動片刻不懈，最後終於成為世界知名的經濟顧問，他就是克萊倫斯・B・南道爾。他在發人深省的許多本書中的一本《自由的信念》中，描述自己的演講經歷：

我的演講每天都排得滿滿的，出席的場合有廠商協會的晚宴，商務部、扶輪社、基金等募會，校友會以及其他場合。我曾經在密西根州的艾斯肯那發表愛國演講，慷慨激昂中投身了第一次世界大戰；我曾經與米基・隆尼一起到鄉下進行慈善演講，與哈佛大學校長詹姆士・布朗特・柯南和芝加哥大學校長羅伯特・M・胡欽斯下鄉宣導教育；我甚至曾經以極蹩腳的法語做過一場餐後演講。

我想，我瞭解聽眾要聽什麼，以及他們希望演講者如何表達。對於那些堪當事業重任的人來說，這其中的竅門是：只要他願意去學，沒有什麼學不會的。

我與南道爾先生有同感。一個人想要獲得成功的意志，是在成為有效說話者的過程中成敗的關鍵。如果我能看透你的心思，確知你的意志強度、你的思想明朗或灰暗，我就可以準確地預測你在改進溝通技巧上的進步會有多快。

在我中西部的一個培訓班裡，有一個人第一晚上課時就站起來「大言不慚」地說，他不滿足於成為一名房屋建造商，他要成為全美房屋建造協會的發言人。他最想做的是：在全國四處奔走告訴人們，他在房屋建造業中遭遇的問題與獲得的成就。這個人名叫喬・哈弗斯帝，而且他真的說到做到！他是那種讓老師高興的學生，他有一種拼命的狂熱勁頭。他想要談論的，不只是地方性的問題，同時還包括全國性的問題，他對這些欲望絕非三心二意。他充分地準備了自己的演講，並且仔細練習，絕對不錯過每次上課的機會，哪怕遇上他一年裡最忙的時節，他都毫不含糊地按照一個學員的標準去自我要求，結果他進步很快，連他自己都感到吃驚。兩個月的時間，他就已經成為班上的佼佼者，並且被選為班長。

大約一年以後，在維吉尼亞州的諾福克主持該班訓練的教師這樣寫道：

「我已經完全忘記俄亥俄州的喬．哈弗斯帝。一天早晨用早餐的時候，我打開《維吉尼亞人導報》，其中赫然印有一幅喬的照片與一篇稱譽他的報導。前一天晚上，他在地區建造商的盛大聚會中發表演講，在我看來，喬豈止是全國房屋建造協會的發言人，他其實就是一名會長了。」

因此，想要成功，必須具備的條件就是，用你的欲望提升自己的熱忱，用你的毅力磨平高山，同時還要相信自己一定會成功。

抓住一切機會——練習

第一次世界大戰以前，我在第一百二十五街青年基督協會所教授的課程，已經不復存在，我不再僅僅講授當年的內容了。每年都會用一些新的觀念取代訓練課程中的那些舊的思想。但是有一個特點卻是經久不變的，那就是各班的每個學員至少必須起立一次（大多數人都是兩次）在同學面前演講。為什麼要進行這種訓練？因為不能學會當眾說話，誰也學不會在大庭廣眾之下發表演講，就好比一個人不下水，就學不會游泳一樣。你可以讀遍那些有關當眾演講的著作，包括本書，但是你有可能還是開不了口。書本只是一些詳盡的指引，你要將書中的建議付諸實施。

有人問蕭伯納，他如何學得聲勢奪人地當眾演講，他回答：「我是用自己學會溜冰的方法來做的——我固執地一個勁兒地讓自己出醜，直到我習以為常。」

年輕時，蕭伯納是倫敦最膽怯的人之一，經常在外面走上二十分鐘或更多時間，最後才壯起膽子去敲他人的門。他承認：「很少有人像我這樣因為單純的膽小而痛苦，或極度地為它感到羞恥。」

後來，他無意間用了最好、最快、最有把握的方法來克服自己的羞怯、膽小和恐懼。他決定把自己的弱點變成最強勁的資產。他加入了一個辯論學會。倫敦一有公眾討論的聚會，他就會參加。蕭伯納全心投入社會運動，並且為該運動進行演講，結果他成為二十世紀上半葉最具信心、最出色的演講家之一。

對於每個人來說，說話的機會隨處皆有，不妨參加任何組織，志願從事那些需要你講話的職務。在公眾聚會裡站起身，使自己出個頭，即使只是附議也好。開會時，千萬別去敬陪末座。盡量去說話！使自己有機會活躍地參加各種聚會。你只要往自己周圍望望就會發現，沒有哪種商業、社交、政治、事業，甚至社區裡的活動可以離得開向前邁步、開口說話。除非你說話，不停地說，否則你永遠也不知道自己會有怎樣的進步。

充分準備，培養自信心

卡內基先生，五年前，我來到你舉辦示範表演的一家飯店。當我來到會場門口時，就停住了。我心裡明白，只要走進這個房間，參加你的培訓班，早晚都得對著他人演講一番。想到這些，我的手就僵在門把上。我沒有勇氣走進去，最後只好轉身離開飯店。

要是我早知道你能教會人們輕而易舉地克服恐懼——那種面對聽眾就會癱軟的恐懼，我就不會白白錯過那次機會，進而失去五年的大好時光。

如此坦誠相告的人，他不是隔著桌子與我閒話家常，而是在一個大約有兩百人的討論會上。這是我在紐約市舉行的一個訓練班的畢業生聚會上。在他說話時，我特別被他的儀態和自信所吸引。我想，他可以能憑著自己學到的表達技巧和由此增強的信心而使他處理日常事務的能力增強。身為他的老師，我很高興他已經可以在面對恐懼時迎頭予以痛擊了。我甚至忍不住地想，他要是在五年或十年之前就已經戰勝恐懼，他現在不知會取得多麼大的成功，又會有多麼快樂！

愛默生說：「與世界上任何事物相比，恐懼更能擊潰人類。」我真的能體會到這句話所蘊含的真理。感謝上帝，使我此生能將這些人從恐懼中挽救過來。一九一二年，我開始授課時，根本不知道這些訓練會成為幫助人們消除恐懼與自卑感的良方。那個時候，我發現，學習當眾說話是一種天生的方法，可以讓人克服不安，並且建立勇氣和自信。因為當眾說話，可以使我們控制自己內心的恐懼。

多年來，透過訓練人們當眾說話，我已經找到了很多辦法和手段，以幫助你很快地克服在上台後和面對他人時所感到的恐懼，並且在經過幾個星期的訓練之後就會產生信心。

當眾說話的本質

不是只有你自己才有當眾說話的恐懼感，事實證明這是人所共有的弱點。對大學學生的調查顯示，演講課中八〇%~九〇%的學生在上課之初都會感受到上台的恐懼。我也相信，在我的成人班裡，在課程剛開始時，學員登台時感到恐懼的比例比這還要高，幾乎達到一〇〇%。

其實，登台時有某種程度的恐懼感反而會有一定好處，我們天生就有能力應付客觀環境中這種不尋常的挑戰。因此，當你注意到自己脈搏加快、呼吸也快起來時，切莫不要緊張。你的身體一向就對外來的刺激保持警覺，這個時候，它已經做好準備來應對這種意外狀況了。如果這種生理上的預警信號是在某種合理的限度內進行的，你會因此而想得更快，說得更流暢，並且一般來說，會比在普通狀況下說得更為精闢有力。

許多職業演講者曾經鄭重地告訴我，他們從來沒有完全消除掉登台時的恐懼感。在他們開講之前，總會感到害怕。這種害怕心理在說出開頭的幾句話時仍會延續，但是經過短暫的心理調整以後，就可以進入正常的狀態了。寧願做賽馬，也不做駄馬，這正是這些演講家們必須付出的代價。

在讀過傑出的演講家和著名心理學家阿爾伯特・愛德華・威格恩克服恐懼的故事之後，我一直把它當成是對我的一種鼓勵。他說，他自己讀中學時，一想到要起立做五分鐘的演講，就會莫名其妙地感到恐懼。他寫道：

隨著演講日子的臨近，我會真的生起病來。只要一想到要做那件可怕的事情，血就直往腦門上衝，兩頰燒得難受。我不得不到學校後面去，將臉頰貼在冰涼的磚牆上，以設法減少洶湧而來的潮紅。讀大學時也是這樣。

有一次，我背下一篇演講詞的開頭：『亞當斯與傑佛遜已經過世。』但當我面對聽眾時，我的腦袋裡突然一陣轟轟然，幾乎不知置身何處。我還是勉強擠出了開場白。但是除了蹦出『亞當斯與傑佛遜已經過世』以外，我再也說不出任何詞句，只好向人們鞠躬……在雷鳴般的掌聲中，我只好十分凝重地走回座位。至此，校長只好站起來打圓場：『唔，愛德華，我們聽到這則悲傷的消息真是十分震驚，但是事已至此，我們會盡量節哀的。』接下來就是一片譁然的笑聲。面對此情此景，我想要以死來解脫。在那場演講之後，我病了數日。

有了那次經歷之後，活在這個世界上，我最不敢期待的，就是成為一名演講家。

他離開大學一年後，住在丹佛。一八九六年的政治運動，他在激烈地爭執有關「自由銀幣鑄造」的問題。一天，當他讀到一本小冊子中闡述的「自由銀幣人士」的建議時，他十分憤怒，認為他們承諾空洞，於是便當了手錶作為旅費，回到家鄉印第安那州。到了那裡以後，他便自告奮勇地就健全幣制的問題發表演講，聽眾席上有許多人就是他往日的同學。他在書中寫道：

開始時，在大學裡演講亞當斯和傑佛遜的那一幕又掠過我的腦海。我開始感到窒息，說話結巴，眼看就要全軍覆沒了。但是，正如戴普常說的那樣，在聽眾的勉勵與期待下，我勉強撐過了緒論部分，這個小小的成功使我勇氣倍增，繼續往下說了下去。我自以為大約說了十五分鐘的時間，但使我驚奇的是，我竟然已經說了一個半小時。

在以後的數年裡，我真的成為全世界最令人吃驚的人，竟然把當眾演講當成自己吃飯的本行。

我對威廉・詹姆斯所說的成功的習慣是最有感觸的。

是的，阿爾伯特・愛德華・威格恩終於學會了如何克服當眾說話時的恐懼感，他採取的最有效的方法之一就是先取得成功的經驗，然後以此作為後援。當你取得一次次小小的成功之後，隱藏在你內心的恐懼就會慢慢消除，於是你在處理類似場合時就會遊刃有餘了。

你應該預料得到，由於你要面對很多人說話，出現一定程度的恐懼是很自然的。但是，你應該學會將自己的恐懼限定在一定的範圍之內，使之產生的負面影響最小，然後盡力征服它。

即使你登台後的恐懼一發而不可收，造成你心臟的滯塞、言辭的不暢、肌肉過度痙攣而無法控制，進而嚴重影響你說話的效果。你也無須絕望，這種症狀對於初學者並非少見。只要你多下功夫，善加控制，就會發現這種上台後的恐懼感，程度很快就會降低到某個限度，過了這一段，你會發現它就是一種助力，而不是一種阻力。

做準備的適當方式

數年前，在紐約扶輪社午餐會上的主講人，是一位聲名顯赫的政府官員，大家都拭目以待，期望聽他敘說自己的工作情形。

當他一站到講台上，我們就立刻發現，他事前並未做準備。起先，他本想隨意作一番即興演講的，結果不成。於是他又匆匆忙忙地從口袋裡掏出一疊筆記來。但是這些東西顯得如此雜亂無章，就像一輛貨車所載的碎鐵片。他手忙腳亂地在這些東西中亂翻了一陣，說起話來更顯得尷尬而笨拙。時間一分一秒地過去了，他也變得更無助，更糊塗。到了這種地步他卻繼續掙扎著，還不時說一些道歉的話。他寄希望於將筆記理出一點頭緒，同時用顫抖的手舉起一杯水，湊到焦乾的唇邊。真是慘不忍睹！他已經完全被恐懼所擊倒，就因為他對此演講幾乎沒有準備。最後他只好無可奈何地坐了下來。可以說，這是我所見到的最丟臉的演講家之一了。他發表演講的方式正像盧梭所說的：他始於不知所云，止於不知所云。

一九一二年以來，由於職業上的需要，我每年都要評鑑五千次以上的演講。這些演講者也給我上了一課：只有那些有備而來的演講者才能獲得自信。試想想，當一個人上戰場時，如果他攜帶故障的武器，身無半點彈藥，還奢談什麼向敵方發起猛攻？林肯說：「我相信，我要是無話可說時，就是經驗再豐富，手段再老到，也無法免於難為情的境地。」

如果你想培養一種自信，何不在你演講之前就好好做準備，以增強自己的安全感？丹尼爾．韋伯斯特曾經說，未經準備就出現在聽眾的面前，就像是未穿衣服就跑在大街上一樣。

以下我們將提到一些演講時的具體技巧：

不要逐字地記憶演講的內容

美國資深新聞評論家H．V．卡騰伯恩，當他還是一名哈佛大學的學生時，就參加過一次演講競賽。當時他選了一則短篇故事，題為「先生們，國王」。為了取得演講成功，他把它逐字記誦，還預講了數百次。比賽現場，當他在說出題目「先生們，國王」之後，腦子裡就立刻空白一片。豈止是一片空白，裡面完全變成漆黑的一片。他頓時嚇得不知所措。絕望之下，他開始用自己的話來說故事。他終於成功了！評審委員把一等獎頒給他的時候，他真是吃驚極了。從那天至今，卡騰伯恩便不再讀過或背過一篇講稿。在總結他從事新聞事業取得成功的秘訣時，他說自己只是做筆記，然後自然地對聽眾說話，絕對不用講稿。

范斯曾經是巴黎波歐藝術學校的一名畢業生，後來成為世界最大的保險公司的副總裁。多年前，他曾經在維吉尼亞州對來自全美各地的兩千多個人壽保險業務員發表演講。那個時候，他從事人壽保險行業其實才兩年，儘管時間不長，卻相當成功，所以主持人安排他做一個二十分鐘的演講。

得知這個安排，范斯歡喜異常，他覺得這是一次提高自己身價的難得機會。為了贏得這個機會，他把講辭寫下來，然後拼命去背，還在鏡子面前演練四十個回合。在上台之前，他連每個細節都準備得非常細緻——每句台詞、每個手勢、每個面部表情都恰到好處。他認為自己真是準備得天衣無縫，完美無瑕了。

可是，當他站起身要演講之時，忽然臨陣害怕起來。他只說了一句：「我在本計畫裡的職能是……」之後腦中便一片空茫。慌亂之下，他後退了兩步，想要重新開始。可是他的腦子裡仍然白茫茫的一片，於是再退後兩步，想重新再來。這番表演，他共重複了三次。講台高有四英尺，後邊沒有欄杆，講台和牆之間隔有五英尺寬。所以，當他第四度朝後退時，便仰後摔下了講台，消失到隔縫裡去了。聽眾哄然大笑，有一個人甚至笑得前仰後合，跌出椅子，滾到了走道上。一家保險公司的頭頭鬧出這等滑稽表演，可謂空前絕後。可笑的是，觀眾以為這是一段為了助興而有意安排的插曲。

可是演講者本人——范斯・布斯勒是怎樣對待這件事情？他親口對我說，那是他一生中最有損顏面的演講。他覺得羞辱難當，因此還寫了辭呈。

幸好范斯的主管說服了他，把辭呈撕掉了，他們幫助他重建自信。范斯在這次經歷以後，竟然神奇般地成為公司裡的說話高手，但是他再也不背講稿了，就讓我們以他的經驗作為借鑑。

預先將自己的意念彙集整理

準備演講有沒有一個適當的方法？有的，而且不複雜深奧。你只要在你的生活背景中，搜尋那些有意義、曾經教導你有關人生內涵的經驗，然後彙集由這些經驗提煉出來的思想、概念、徹悟。你要做的真正準備就是要對你的題目加以深思。正如若干年前查理斯‧雷諾‧伯朗博士在耶魯大學所做的許多令人回味無窮的演講中所說的：

「深思你的題目，至其成熟，況味橫溢……再把所有這些想法寫下，寥寥數語足夠表達概念即可……把它們寫在紙片上——像這樣把資料整理就緒後，這些鬆散的片斷便易於安排和組織了。」

聽起來不難吧？當然不難。你只要付出一點專注和思考，就可以達到目的。

在朋友面前預講

當演講準備得有些眉目後，是否應該演習一下？是的。有一個萬無一失、簡易而有效的方法：把你選來做演講的主題用來和朋友及同事進行日常談話。你不必搬出全套內容，只要在午餐桌前傾過身去，說一些類似這樣的話：「喬，你知不知道，有一天我遭遇了一件不平凡的事，告訴你吧！」喬可能很願意聽聽你的故事。仔細觀察他的反應，聽他的迴響，他說不定會有什麼有趣的主意，那正好是頗有價值的。他不會知道你是在預演，待你「預演」完畢之後，他或許會說，談得真痛快。

傑出的歷史學家艾蘭・尼文斯也對作家做過類似的忠告：找一個對你的題材有興趣的朋友，詳盡地將你的心得傾訴給他聽。這種方式可以幫助你發現你可能遺漏的見解、事先無法預料的爭論，並且可以從中找到最適合講述這個故事的形式。

立下決心，必須成功

你應該記得，在第一章裡，我們曾經提到，你在當眾說話時，要樹立正確的態度。這條法則對於這裡要闡述的另一項特殊工作——盡量利用機會說出一項成功的經驗——依然適用。有三種方法可以奏效：

融入自己的題材中

題材選好以後，應該按照計畫進行整理，並且在朋友面前「說出來」進行演習。這樣的準備還不算完備。你還得讓自己相信你的題材深具價值，你還必須具備一些曾經在歷史上激勵過人們的態度，那就是——篤信自己的信念。如何使演講的內容煽起令人信服之火？沒有其他辦法，除了詳細探究題材，抓住其更深層次的意義以外，必須自問，你的演講將會怎樣幫助聽眾，使他們聽過之後深受其益。

不要去想那些令你不安的尷尬場面

舉例來說，設想自己會犯文法錯誤，或講至中途某處會突然停頓，這就是一種負面的假想，它很可能在你開始之前就會抹殺掉你的信心。開始演講之前，尤其重要的是要把注意力從自己身上移開，集中精神聽其他演講者說什麼，把全部注意力放在他們身上，這樣你登台時就不會造成過度的恐懼。

鼓舞自己

除非懷抱某種遠大的目標，並且覺得自己在為此而奉獻生命，否則任何一位演講者都會有懷疑自己題材的時刻。他會問自己，題目是否適合，聽眾是否會感興趣。他很可能一氣之下便把題目改了。遇到這種時候，當消極思想極有可能完全摧毀你的自信時，你就該為自己做一番精神激勵。用簡明、平直的言詞跟自己說，你的演講是很適合你的，因為它來自你的經驗，來自你對生命的看法。跟自己說，你比聽眾中任何一位都更有資格來做這番特別的演講，並且，你將全力以赴，把這個問題述說清楚。這種老式的方法管用嗎？可能。但是，現代實驗心理學家都認為，由自我啟發而產生的動機，即使是佯裝的，也是導致快速學習最有力的刺激之一。

表現得信心十足

著名心理學家威廉・詹姆斯寫道：「行動似乎顯得是緊隨於感覺之後的，但事實上行動與感覺是並行的，行動受到意念的直接控制。同樣地，透過制約行動，我們可以間接制約感覺，它不受意志直接控制。

「因此，假若我們失去原有的自然歡樂，通往歡樂的最佳的方法就是快樂地坐起、說話，表現得一如歡樂就在那裡。如果這樣的舉動不能讓你感到快樂，那就別無良方了。

「所以，如果你令人感覺很勇敢，你就表現得好像真的很勇敢。運用一切意志去達成那個目標，勇氣就很可能會取代恐懼感。」

接受詹姆斯教授的勸告！為了培養勇氣，當你面對觀眾時，不妨表現得就像真的很有勇氣一般。當然除非你早有準備，否則再怎麼表演也是無用的。如果你對自己所講的東西瞭若指掌，就輕鬆地說出，並且在講話之前做一次深呼吸效果會更好。事實上，面對聽眾之前，應該深呼吸三十秒，增加氧氣供應可以提神，給你勇氣。傑出的男高音佳恩・雷斯基常說，如果你氣充胸臆，可以「席氣而坐」，緊張感便自然消逝得無影無蹤了。

身體站直，看到聽眾的眼睛裡，然後開始信心十足地講話，就像他們每個人都欠你的錢似的。假想他們欠你的債，假想他們聚在那裡要求你寬限還債的時間。這種心理作用對你大有幫助。

如果你懷疑這種理論沒有道理，你可以找一位參加過我的訓練班的學員問一問，他們早就接納了本書的意見。只要幾分鐘，他們就可以令你改變想法。不如就相信一個美國人的話，他經常被視為勇氣的象徵。但實際上他一度膽小異常，後來花了一段時間訓練自己的自我信賴，最終竟然成為勇者之最。他就是美國總統——西奧多・羅斯福。他在自傳中寫道：

由於自己曾經是一個病歪歪又笨拙的孩子，年輕時，我曾經對自己的能力缺乏信心。我不得不艱苦而辛勞地訓練自己，這種訓練不只是身體，而且還有靈魂和精神。

孩提時期，我在馬利奧特的一本書裡讀到一段話，印象極為深刻，並且隨時將之銘記在心。在這段話裡，一艘小型英國軍艦的艦長向主角解說如何保持無畏無懼。他說，起初，臨到有所行動時，每個人都會害怕，但是他應依循一個法則——駕馭自己，使自己表現得好像無所畏懼。只要這樣持之以恆，原先的假裝就會變成事實，他只是透過練習一種無畏的精神而不知不覺地變成無懼的勇士。

這就是我據以訓練自己的理論。剛開始，我害怕的事情真多，從大灰熊、野馬到槍手，無一不怕，可是我總是表現得好像不怕的樣子，逐漸地，我便停止了害怕。其實，每個人要是願意，也能像我一樣。

克服當眾說話的恐懼，對於我們做任何事情都會有極大的潛移默化的功效。那些接受挑戰的人會發現自己人品俱佳，會發現自己如果戰勝當眾說話的恐懼，便使他們脫胎換骨，實現一種更豐富、更圓滿的人生。

有效說話的簡單方法

我白天很少看電視，但是有一個朋友要我看一個專為家庭主婦開設的節目，節目的收視率很高。這位朋友非得讓我看，因為他認為參與該節目的觀眾一定會引起我的興趣。事實確實如此！我收看了幾次，這個節目就打動我，並且我很欣賞主持人的一種做法：他可以請觀眾發表談話。他們說話的方式也頗能引起我的注意。這些人顯然都不是職業演講家，他們從未接受有關溝通藝術的訓練，其中有些人文法很差，可是他們都很有趣。他們開始說話時，似乎都沒有上鏡頭時的恐懼，而且能吸引觀眾的注意力。

他們為什麼能做到這一點？我當然知曉其中的緣由，而且我在自己的訓練班裡採取這種技巧已經多年。這些單純而平常的人們抓住了觀眾的注意力。他們談論的是自己，自己的那些難為情的時刻，最美好的回憶，或是如何遇見自己的妻子或丈夫。他們完全沒想到什麼緒論、正文和結論，他們也不關心什麼用字遣詞或語法結構。但是他們卻能獲得觀眾的欣賞——完全傾注於他們所要說的事情。**我認為，學習當眾說話有三個法則，那就是：說自己的經歷或研究過的事情，對自己的題材確實有熱忱，激起聽眾對演講產生共鳴。**

說自己的經歷或是研究過的事情

之前說到的那些人談論自身的故事，使得那個電視節目如此有趣。因為他們是在談論自己親身的經歷，他們談的都是自己知道的事情。

若干年前，訓練班的教師們在芝加哥的希爾頓飯店開會。會上，一位學員這樣開頭：「自由、平等、博愛，這些是人類字典中最偉大的思想。沒有自由，生命便無法存活。試想，如果人的行動自由受到限制，那會是怎樣的一種生活？」

說到這裡，他的老師明智地請他停止，並且問他何以相信自己所言。老師問他是否有什麼證明或親身遭遇可以支持他剛才所說的內容，於是他告訴我們一個撼人心弦的故事。

他曾經是一名法國的地下鬥士，他告訴我們，他與家人在納粹統治下所遭受的屈辱。他以鮮明、生動的語言描述了自己和家人是如何逃過秘密警察並且最後來到美國的。他是這樣結束自己的講話的：

「今天，我沿著密西根街來到這家飯店，我能隨意地自由來去。我經過一位警察的身邊，他不注意我。我走進飯店，也無須出示身分證。等會議結束後，我可以按照自己的選擇前往芝加哥任何地方。因此請相信，自由值得每個人為之奮鬥。」

話音未落，他就獲得全場觀眾的起立與熱烈鼓掌。

講述生命對自己的啟示

訴說生命啟示的演講者，絕對不會吸引不到聽眾。我從經驗中得知，很不容易讓演講者接受這個觀點——他們避免使用個人經驗，以為這樣太瑣碎、太有局限性，喜歡陳述一般性的概念及哲學原理。可悲的是，那裡空氣稀薄，凡夫俗子無法呼吸。人們都會關注生命，關注自我，因此當你去訴說生命對你的啟示時，他人就會成為你的忠實聽眾。

據說，愛默生非常喜歡傾聽人們說話——無論對方身分多麼卑微，因為他覺得自己可以從任何人身上學到東西。恐怕我所聽過的成人談話，比起任何人來都要多。坦白地說，在一個演講者敘述生命給他的教訓時，不管其教訓有多瑣細、多微不足道，我從來不感覺枯燥乏味。

現在針對這一點來說明。數年前，我們一位教師替紐約市立銀行一些資深的官員們開設了當眾說話的課程。自然這種團體裡的人總是忙得分不開身，經常感到要充分準備，或做他們心目中以為很困難的準備。他們畢生所想的都是根據自己個人的思想、個人自身的信念，並且從自己特定的角度來考慮。他們都已經積存四十年的談話素材，但是他們之中有些人就是不懂得這一點。

一個星期五，一位與上級銀行有關的先生——這裡姑且稱他為傑克遜先生——發現到場的有四十五個人，他要說的是什麼？來此之前，他走出辦公室，在報攤上買了一份《弗貝雜誌》。在前往上課所在的聯邦儲備銀行的地下火車上，他開始讀一篇題為《十年成功秘訣》的文章。他讀它，不是因為對它特別感興趣，而是他必須說一些東西來填補他份內的時間空檔。

一個小時以後，他站起身，準備就這篇文章的內容說得逸趣橫飛，讓人贊同不已。

結果，不可避免的結果會是怎樣的？

他還沒有消化，還未將「想要說」的東西吸收。「想要說」形容得很適當，他只是「想要」而已。他試著要宣洩自己，其中沒有什麼內涵，他的儀態和音調明顯地顯露出這一點。如此一來，他又怎能期望聽眾比他自己更加感動？他不斷地提到那篇文章，說作者如何如何去說。在他演講的整個過程之中，《弗貝雜誌》讓我們印象深刻，遺憾的是傑克遜先生給我們留下的東西太少了。

他演講完畢，老師說：「傑克遜先生，我們對寫那篇文章的作者不感興趣，他不在我們眼前，我們也見不著他。可是，我們卻對你和你的意見很有興趣。告訴我們，你個人想的是什麼，不要談論別人說的是什麼。要把更多的屬於自己的東西放在演講裡，下星期請再講講同樣的話題好嗎？把這篇文章再讀一遍，問問自己是否同意作者的觀點。如果是，以你自己的觀察經驗來陳述你所同意的東西；如果不是，請告訴我們為什麼。將這篇文章作為一個起點，以此展開你自己的演講。」

傑克遜先生把這篇文章重讀以後，認為自己一點也不同意其中的觀點。他從記憶裡搜尋例證來證明自己不同的觀點，他以自己身為銀行主管的經歷來詳盡推演、擴展自己的意念。下星期他回來時所做的演講就充滿根據他自身背景所得的信念。他給我們的不再是重新加熱的雜誌文章，而是自己礦場裡的礦石，自己鑄幣廠裡鑄製的錢幣。我讓你自己去想，哪一場演講能給班上同學更強烈的衝擊？

從自己的背景中找題目

有一次，有人請我們的教師在小紙條上寫下他們認為初學演講者所碰到的最大問題。經過統計之後發現，「引導初學者選擇適當的題目演講」，是我們上課初期最常碰到的問題。

什麼才是適當的題目？假使你曾經具有這種生活經歷和體驗，經由經驗和省思而使之成為你的思想，你就可以確定某個題目是否適合你。怎樣去尋找題目？深入自己的記憶裡，從自己的背景中搜尋生命中那些有意義並且給你留下鮮明印象的事情。數年前，我們根據可以吸引聽眾注意的題目做了一番調查，發現最為聽眾欣賞的題目都與某些特定的個人背景有關，例如：

一是早年成長的歷程。與家庭、童年回憶、學校生活有關的題目，一定會吸引他人的注意。因為別人在成長的環境裡如何面對並克服阻礙的經過，最可以引起我們的興趣。

無論何時，只要有可能，就把自己早年的實例穿插在演講中。你還可以運用一些膾炙人口的戲劇、電影和故事，人們早年遭遇的挑戰等。但是，我們怎樣才能確定別人會對自己小時候所發生的事情感興趣？有一個方法可以測試，多年之後，如果某件事情依舊鮮明地印在腦海中，呼之欲出，就可以保證聽眾感興趣了。

二是早期欲求出人頭地的奮鬥。這是一種洋溢著人情味的經歷。例如，重敘自己早期為尋求發跡所做的努力，也能吸引聽眾的注意。你如何從事某種特別的工作或行業？是什麼樣的盤根錯節的情況造就了你的事業？告訴我們，在這競爭激烈的世界中，為了創建事業，你遭遇的挫折、你的希望以及你的成功……真實而生動地描繪一個人的生活多半是最保險的題材。

三是你的嗜好和娛樂。這個方面的題目依各人喜好而定，因此也是能引人注意的題材。說一件純因自己喜歡才去做的事，是不可能會出差錯的。你對某個特別嗜好發自內心的熱忱，可以使你把這個題目清楚地交代給聽眾。

四是特殊的知識領域。在某個領域工作多年，你一定可以成為這個方面的專家。即使根據多年的經驗或研究來討論有關自己工作或職業方面的事情，也可以獲得聽眾的注意與尊敬。

五是不尋常的經歷。你可曾見過一些大人物？可曾在戰爭的炮火下冒著生命的危險？你一生中可曾經歷過精神頹喪的危機？這些經驗都可以成為最佳的演講資料。

六是信仰與信念。或許你曾經花費許多時間去努力思考對今日世界面臨的重大情勢應該持有的態度。

倘若你曾經花費許多時間傾力研究一些重大問題，自然很有資格可以談論它們。只是這樣做時，一定要舉例說明自己的信念。聽眾可不愛聽那些滿是陳腔泛論的演講。千萬不可以隨意讀些報紙雜誌來準備你所談論的題目。對某項題材，如果自己所知道的不比聽眾多多少，則少說為妙。可是，反過來說，如果曾經花費多年時間研究的某項題材，就是你選擇說的題目。

準備演講不只是在紙上寫一些機械化的文字，或是背誦一連串的字句。它也不是從匆促讀過的報紙雜誌裡抽取第二手的意見。它是在自己的腦海及心靈裡深掘，並且將生命貯藏在那裡的重要信念提取出來。不必懷疑材料是否在那裡，它當然在那裡，積存豐富，等你去發掘。不要因為這樣的題材太私人化、太輕微，聽眾不會喜歡聽而不屑一顧。其實，這樣的演講才可以使我快樂，使我感動，比我聽過的許多職業演講家的演講更讓我快樂，也更讓我感動。

唯有談自己熟悉的事情，利用自己熱衷的題材，才能快速、輕易地學會當眾說話。

對選擇的題材充滿熱忱

並非所有你我有資格談論的題目才會激起我們的興趣。譬如說，我是「自己動手」型的人，我確實夠格談談如何去洗盤子。可是不知怎麼搞的，我就是對這個題目熱衷不起來，而且事實上，我根本想都不願去想這些事。可是，我卻聽過家庭主婦們——也就是家庭主管們，把這個題目說得棒極了。她們心裡或是對永遠洗不完的盤子有股怒火，或是發現新的方法可以處理這個惱人的家務。不管怎樣，她們對這個題材來勁極了，因此她們可以就洗盤子的話題說得頭頭是道。

這裡有一個問題，即你以為合適的題目，是否適合當眾討論。假設有人站起來直言反對你的觀點，你是否會信心十足、熱烈激昂地為自己辯護？如果你會，你的題目就對了。

一九二六年，我曾經到瑞士的日內瓦參觀國際聯盟第七次大會的會場，事後做下了筆記。最近，我無意間又看到這些筆記。以下是其中一段：

在幾個死氣沉沉的演講者讀過自己的手稿之後，加拿大的喬治・費斯特爵士上台發言。我注意到他並未攜帶任何紙張或字條，不禁大為欣賞。他經常做一些手勢，他心無雜念，全心放在所要說的事情上。有些東西他非常想要讓聽眾瞭解。他熱切地想要將自己心中固有的某些信念傳達給聽眾，這種情形澄明可見，一如窗外的日內瓦湖。我在教學上一直倡議的那些法則，在那番演講裡完美地展示無遺。

我經常會想起喬治爵士的演講，他真誠、熱心。唯有對所選的題目是真心所感、真心所想時，這種誠意才會完全顯露。費希爾・辛主教是美國最具震撼力的演講家，他從早年生活中學到這一課。他在《此生不虛》一書裡寫道：

我被選出參加學院裡的辯論隊，在聖母瑪麗亞辯論的前一晚，我們的辯論教授把我喊到辦公室裡責罵。

「你真是飯桶！本院有史以來還沒有一個演講者比你更差勁！」

「那……」我說，想替自己辯解，「我既是這樣一個飯桶，為什麼還要挑我參加辯論隊？」

「因為……」他回答，「你會思考，而不是你會講。到那個角落裡，從講辭中抽出一段把它講出來。」我把一段話說了一個小時，最後他說：「看出其中的錯誤嗎？」「沒有。」於是再來一個半小時，兩個小時，兩個半小時了。最後，我精疲力竭。他說：「還看不出錯在哪裡嗎？」

由於天生反應快，過了這兩個半小時，我懂了。我說：「看出來了，我沒有誠意。我根本心不在焉，我說得沒有真情真意。」

就這樣，辛主教學得了永誌不忘的一課——把自己融入演講中，因此他開始使自己對自己的題材熱心起來。直到這個時候，博學的教授才說：「現在你可以講了！」

如果我們班上有學員說：「我對什麼事都提不起勁來，我過著一種平凡單調的生活。」我們受過訓練的老師就會問他，閒暇時他都做什麼？他們的回答各不相同：有人去看電影，有人去打保齡球，有人則種植玫瑰花。還有一位學員告訴老師說，他收集有關火柴的書籍。當老師繼續問關於他的不尋常的嗜好時，他逐漸開始打起精神。過了一會兒，他指手畫腳地描述起自己儲存收藏品的小房間。他告訴老師，他幾乎收藏有世界各國的火柴書籍。等他對自己最喜愛的話題興奮起來後，老師打斷他：「為什麼不對我們說說這個題目？我覺得挺有意思的。」他說，他從來沒想到還會有人對這件事感興趣！這個人窮盡多年的精力追求一項嗜好，幾乎已經變成一種狂熱，而他卻否定它的價值，認為不值一談。老師懇切地告訴他，測試一項題材的趣味價值，唯一的方法，是問自己對它多感興趣。於是，他以收藏家的姿態大談了一個晚上。後來我聽說，他還前往各種午餐俱樂部去演講有關收集火柴書籍的情形，並且因此獲得地方人士的推崇。

欲想迅速而輕易地學會當眾說話，上例正好說明了第二條原則。

激發聽眾與你產生共鳴

凡是演講皆由三個要素構成：演講者、演講詞（內容）以及聽眾。本章的前兩條法則都是討論演講者和演講詞之間的相互關係，直至目前為止，我們還沒有真正談到演講時的情形。唯有演講者使自己的演講與活生生的聽眾發生關聯之後，演講的情況才真正形成。演講也許準備周詳，也許是關於演講者所熱衷的話題。然而要真正地完全成功，還有另一個因素要考慮：他必須使聽者覺得他所要說的很重要；他不只是要對自己的話題充滿熱情，還得把這種熱情傳給聽眾。歷史上著名的雄辯家都具有這樣的「老王賣瓜」之術，或是傳播福音術。你愛怎麼叫怎麼叫，絕對錯不了。高明的演講者熱切地希望聽眾可以感覺到他所感覺的東西，同意他的觀點，去做他以為他們該做的事，分享他的快樂，分擔他的憂苦。他以聽眾為中心，而不是以自我為中心。他明白自己演講的成敗不是由他來決定——它要由聽眾的大腦和心靈去決定。

在推行節儉運動期間，我為美國銀行學會紐約分會訓練一批人，其中有一人特別無法和聽眾溝通。為了幫助他，我們採取的第一步是使他的大腦和心思對自己的話題燃起熱火。我告訴他，自己到一邊去把題目再三思考，一定要使自己產生熱誠。我要他牢記：紐約的「遺囑認證法庭紀錄」顯示，八五%的人過世時，身後都未留下分文，有三・三%的人留下一萬美元或更多的錢財；他要時常想著，他不是求人施恩，或是求人做一些經濟無法負擔的事，他要這般對自己說：「我是替這些人準備，使他們老年得以衣食無缺，舒適無憂，並且留給妻兒安全的保障。」我要他記住，他是出去從事一項了不起的社會服務。

他思前想後，把這些事實考慮以後，終於使它們在腦海裡燃燒起來。他喚起了自己的興趣，激發了自己的熱心，並且感到自己確實身負重大使命。於是，他開始外出演講，傳遞他的信念的詞句贏來了一陣陣迴響，他將節儉的好處與聽眾一起分享，因為他渴望幫助人。他不再只是一個腦子裡裝著一些事實的演講者，他成為一名傳教士，努力使人們信奉具有價值的信仰。

第二章

演講、演講者、聽眾

The Quick and Easy Way to Effective Speaking

Carnegie

如何準備演講？

所謂「準備」，就是把你的思想、念頭、想法、原動力集合在一起，而且你是真的擁有這種思想和原動力。

只要大腦清醒，你每天都不會缺少它們，它們甚至成群結隊地出現在你的夢中。

在你的整個生命中，隨時都充滿不同的感覺與經驗。這些東西深深藏在你的腦海深處，日積月累。

「準備」就是思想、沉思、回憶、選擇最可以吸引你注意的事物，然後加以修飾，將它們整理出一個形態，成為你自己思想的精心製造品。這聽起來是不是一個很難實施的計畫？其實不困難。

對於某個特定目標，只要你專心致志、善加思考，並且付諸行動即可。

以下有幾種辦法可以讓你組織自己演講的資料，這些辦法肯定效果非凡。

如果你遵循這些步驟去準備演講，你就會步入正道，並且獲得聽眾的熱切關注。

演講內容具體化

多年前，一位哲學博士和一個年輕時曾經在英國海軍服役、性格豪爽而粗魯的傢伙，一同參加我們在紐約的一個訓練班。這位溫文儒雅的學者是一位大學教授，他那位曾經遨遊七個海域的同學卻只是街旁的一名流動小攤販。但很奇怪的是，在這個演講訓練班的訓練過程中，那位流動攤販的演講卻比這位大學教授更能吸引人。這位大學教授以漂亮的言詞發表演講，台風溫文儒雅，講話有條有理且清清楚楚，但是他的談話缺少了一項基本要素——具體化。他的談話太不明確，過於空泛。那位流動攤販正好相反，他開口之後，就立即觸及話題的核心。演講內容明確，而且很具體、實在，讓人一聽便知其所云。再加上他那充沛的男子漢活力，以及新鮮的詞句，使得他的演講十分吸引人。

我之所以舉這個例子，不是想比較一位大學教授與流動攤販之間的高低貴賤，而是想說明一點：一個說話具體而明確的人，不管他受過的教育程度如何，他所說的內容才能引起別人的興趣。

這項原則太重要了，因此我們要列舉幾個例子，請把它深深地刻印在你的腦海中，希望你永遠記著這個原則，絕對不可忘記。

主題盡量集中

題目如果選好，第一步就要定出自己演講的範圍，並一直限定在這個範圍內，不要試圖去涵蓋一望無際的領域。有一個年輕人想要講兩分鐘，他談論的題目卻是「從西元前五百年的雅典至朝鮮戰爭」。這絕對是一種徒勞！我曾經聽過許多演講，都因為主題不明確，結果由於同樣的原因——涵蓋太多的論點而無法吸引聽眾的注意。

為什麼會出現這種結局？因為人的思想不可能一直去注意一連串單調無味的事實。即使你的演講聽起來像是世界年鑑，你也無法把握聽眾的注意力。選擇一個簡單的題目，如《黃石公園之旅》等，多數演講者對此都會十分熱烈、不肯遺漏半點東西地對園中每個景色說上一些，聽眾於是被你牽引著，以頭暈目眩的速度，從這個景點遊至另一景點。

待你演講完畢，存留在聽眾腦海之中的，就會只剩下一些模糊的瀑布、山嶺和噴泉。如果演講者把內容限定在公園的某個方面，例如野生動物或是熱泉，這場演講肯定會令人難以忘懷！這樣演講者就可以有時間向聽眾展示出一些生動的細節，使得黃石公園以鮮麗的色彩與無窮的變化活現於聽眾眼前。即使聽眾從未去過，也能從演講者的動人話語中獲得身臨其境之感。

這個原則對於任何話題都同樣適用，不管你所講的是銷售術、烤蛋糕、減免稅賦還是飛彈。在你開始演講之前，必須先對所選的素材進行限制和選擇，把話題縮小至某個範圍，並保證在規定時間內完成。

在不超過五分鐘的演講裡，只能期望說明一兩點而已。稍長一些的演講，如三十分鐘的演講，演講者如果是想包含四或五個主要話題，也是很少可以成功的。

發展預備力

據說，植物界的怪傑路德・貝本培植一百萬種植物，但是他只是從中培養出一兩種最高級的品種。演講也應做到如此。圍繞自己選定的主題彙集一百種思想，然後捨去其中的九十種。

「我搜集的素材比我真正使用的材料總是多出十倍，有時甚至多出上百倍。」約翰・甘德不久前這樣說。他是一本暢銷書的作者，他說的也是準備寫作或演講的方法。

有一次，他的行動尤其印證他的話。有一年，他著手寫許多有關精神病院的文章。他前往各地醫院，與院長、護士和病患者分別談話。我有一位朋友和他一起，對他的研究工作給予過一點協助。他告訴我說，他們上下樓梯，沿著走道，從這棟建築串至那棟建築，日復一日，走了數不清的路。甘德先生也記滿了許多本筆記本。在他的辦公室裡，堆滿了政府和各州的報告、醫院的報告、委員會成疊的統計資料。

「最後，」我朋友告訴我，「他寫了四篇短文，簡單而有趣，是很好的演講題材。寫成文章的紙張，也許只重幾百克。記得密密麻麻的筆記本及其他東西——他用來作為這幾百克產品依據的，卻一定重達幾十公斤。」

甘德先生知道，他挖掘的是頗有價值的礦石，他知道自己不能忽視任何一部分。他是做這行的老手，他把心思都放在上面，然後把金粒篩出。

我有一位外科醫師朋友說得好：「我可以在十分鐘內教會你如何取出盲腸，而要花費四年時間教你如何在出了差錯時應付問題。」演講也是如此，應該準備周密，以應急變。比如說，由於前一名演講者的論調，你不得不改變自己演講的重心，或是在演講以後的討論時間裡回答聽眾所關切的問題。

如果你能盡快選好題目，並做好充分的準備，你就獲得一種成功力。千萬別一再拖延，直至要演講的前一兩天。如果早早把題目決定好，你的下意識就可以為你發揮巨大作用。在每天工作結束後的零散時間裡，你就可以深入探究自己的題材，把要傳達給聽眾的思想加以精煉和修琢。在駕車回家、等候公車或乘地鐵時，經常會胡思亂想，你不妨也將這些時間用來思索自己的演講題材。靈光一閃的頓悟，大多來自這段孕育期間。你早點便把題目選定好，大腦就可以在下意識裡將它千錘百煉。

使演講富含描述和例證

在《暢達的寫作藝術》一書裡，魯道夫・弗里奇在某一章的開頭這樣寫道：「只有故事才能真正暢達可讀。」他接著利用《時代》與《讀者文摘》來說明如何使用這條法則。他說，這兩份頗有影響的雜誌幾乎篇篇文章都是以純粹的敘述文字來寫的，或是慷慨地綴滿趣聞軼事。無可否認，故事在當眾說話時也具有駕馭聽眾注意力的力量，恰似為雜誌寫作一樣。

諾曼・文森特・皮爾的演講，曾經在收音機和電視機中為千千萬萬的人們所收聽。他說在演講中，他最喜愛舉出實例，以支持自己的論點。一次，他告訴《演講季刊》的一位採訪人說：「使用真實的例子，是我所知道的最佳的方法。它可以使意念清楚有趣，而且具有說服力。通常我總是使用好幾個例證來支持每個主要的論點。」

閱讀我書籍的讀者，很快也會察覺我喜歡使用趣事以推演我意念中的要點。《人性的弱點》一書裡的原則，列出來只有一頁半，其餘的幾百頁裡都寫滿了故事和例證，用以引導讀者如何有效地利用這些法則。

我們如何才能獲得使用實例的技巧？有五種方法可供選擇：人性化、具體化、翔實化、戲劇化、視覺化。以下就讓我們具體談談這五種方法：

使演講充滿人性化

如果你總是談事情或一些觀念性的問題，很可能令人感到厭煩，但如果你談論的是人的問題時，絕對可以吸引人們的注意力。當新的一天到來時，在全國各地，隔著後院的籬笆，在茶几和餐桌上，會有幾百萬次交談進行著——大多數交談的主要內容將是什麼？人。他們會談論，某某太太做了這件事；我看到她做了什麼事；他發了一筆「橫財」……

我曾經在美國和加拿大各地的學生聚會上發表演講，我很快從經驗中學到：想要引起他們的興趣，必須說一些跟人有關的故事。每當我談到較為廣泛和抽象的觀念時，孩子們就坐立不安了：約翰顯得不耐煩，在座位上挪動著身子；湯姆對旁邊的同伴扮鬼臉；比利把某件東西丟向另一排座位……

有一次，我要巴黎的一群美國商人就「成功之道」發表演講。他們大多數人只列舉許多抽象的特徵，並且大談什麼勤奮工作、堅持不懈和遠大抱負的價值問題。

因此，我中止上課，說出以下的這番話：

> 我們都不想聽人說教，沒有誰會喜歡這樣。請記住，一定要讓我們感到愉快和有趣，否則你說什麼

我們都不會注意。同時也請記住，世界上最有趣的事情，莫過於精煉雅致、妙語生輝的名人軼事。所以，請告訴我們你所認識的兩個人的故事，告訴我們為何其中一個會成功，另一人卻失敗了。我們會很高興去聽。同時請記得，我們或許還可以因為此例而獲益匪淺。

這個班裡有一個學員，總是覺得要提起自己的興趣或激起聽眾的興趣難乎其難。可是這一晚，他卻懂得了「人性故事」的建議，向我們講述大學裡兩個同窗的故事。

其中有一位，極為謹慎，分別在城裡不同的店裡買襯衫，並繪製圖表，顯示哪一件最經得起洗熨，穿得最久，而且每塊錢的投資能獲得最大的利用。他的心思總在錙銖上計較。等他畢業後，他自視甚高，不願像其他畢業生那樣從基層開始逐步往上爬升。因此，第三年的同學聚會來臨時，他仍舊在畫他的襯衫洗熨表，仍然在等待特別好的差事到他這裡，結果它就是不來。自那個時候至今，已經過了四分之一世紀，此人一生都是怨恨、不滿，仍然擔任著小職位。

然後這個演講者又把這個失敗之例拿來和另一個同窗的故事做對比：這個同學已經超越自己當初所有的期盼。這位朋友極易與人相處，每個人都喜歡他。雖然他日後雄心萬丈，志於成就大業，卻由繪圖員開始做起。但是，他總在瞻望機會。當時紐約世界博覽會正在計畫階段，他打聽到那裡需要工程人才，便辭去費城的職務，遷往紐約。他在那裡與人合夥，做起了承包工程的業務。他們承攬了很多電話公司的業務，而此人也終於以高薪被博覽會延聘。

我這裡所說的，只是該演講者所說的大概而已。他敘說許多逗人而充滿人情味的細節，使得他的演講妙趣橫生。他繼續說著，說著——這個人平常找不到資料做三分鐘演講，等他停口時，卻吃驚地發現，這次講了十分鐘。由於講得太精彩，似乎每個人都覺得太短，意猶未盡，這是他首次演講成功。

每個人都可以因為這件事而有所領悟。平淡的演講若能內含人情趣味的故事，必然更能引人入勝。演講者應該只講述少數重點，然後以具體的事例作為引證。這樣建構演講的方法，一定會吸引聽眾的注意。

指名道姓，使演講具體化

講故事時，如果中間牽涉到別人，無論如何，應以使用他們的姓名為佳；或是想要保護他們的身分，可以杜撰假名。即使你使用像「史密斯先生」或「喬・伯朗」等不具個人特性的名字，也比使用「這個人」或「某個人」更加生動。姓氏人名具有認證和顯現個體的功效，正如魯道夫・弗里奇所指出的：「沒有什麼能比名字更能增添故事的真實性；掩名隱姓，最虛假不過。試想，故事裡的主角沒名沒姓，會成什麼樣子。」

如果你的演講中出現許多名字與個人的代稱，你就可以確定它是否最值得一聽，因為在你的演講中，已經有了人情趣味這種無價的要素。

突顯細節，使演講翔實化

關於這一點，你也許會說：「這樣當然好啦。但是我又怎能確知是否在演講裡收錄了足夠的細節？」有一個方法可以測試。利用新聞記者寫一樁新聞故事時所遵循的「五W公式」：何時（When）、何地（Where）、何人（Who）、何事（What）、何故（Why），假如你也依照這個公式來做，你的舉例就會生機盎然，多彩多姿。我舉出自己一件趣事來加以說明，這則趣事曾經刊在《讀者文摘》上：

離開大學以後，我花了兩年的時間在南達科他州到處跑，從事鐵甲公司的銷售員職業。我四處遊動，都靠搭乘運貨卡車。一天，我必須在萊德菲爾耽擱兩個小時才能搭上一班南行的火車。由於萊德菲爾不在我負責的區域之內，因此無法利用這段時間進行推銷工作。再過不到一年，我就要上紐約的美國戲劇藝術學院去念書了，所以我決定利用這段空閒來練習說話。我漫無目的地走過車站，開始演練莎士比亞《馬克白》裡的一幕。我一邊猛地舉出雙臂，一邊十分戲劇性地高呼：「我眼前所見是把匕首嗎？它的把手正朝向著我？來吧，讓我握著你！我抓不著你，而我依然看見你！」

我沉浸於該幕之中，四個警察突然朝我撲來，問我為何要恐嚇婦女。我的吃驚非同小可，就算他們指控我搶劫火車，我都不會這麼驚異。他們告訴我，有一個家庭主婦，在一百碼外由自己廚房窗簾後面一直窺視我。她從未見過這般行徑，便打電話給警方，而他們到達時，正好聽到我在鬼吼鬼叫關於匕首的事。

我告訴他們，我是在演練莎士比亞，但是直到我出示鐵甲公司的訂貨簿以後，他們才放我離開。

請注意，這則趣聞如何回答以上「五W」公式裡的各個問題。

自然，細枝末節過多比沒有細節要糟。人們都曾讓冗長、膚淺而不切題的細節搞得煩厭不堪。注意看看，我在敘述自己在南達科他州某鎮幾乎被捕的事件裡，對於五個W問題裡的每一個，都有簡短扼要的回答。假使演講中亂糟糟的，全是雞毛蒜皮的瑣碎事件，聽眾必然不會全神貫注，抹殺你許多的言論。抹殺一個人的演講最嚴重的情形，莫過於聽眾的不專注。

利用對話，使演講戲劇化

假設你要舉例說明自己如何利用人際關係的原則成功地平息一位顧客的憤怒，可能會這樣開頭：

「前幾天，有一個人走進我的辦公室。他怒不可遏，因為上個星期我們送到他家裡的器具操作不靈。我對他說，我們將竭盡所能彌補這種情況。一會兒之後，他便平靜下來了，對我們全心全意要把這件事情做好顯得很滿意。」

這件事情有一個優點——它十分詳細——可是它缺少姓名、特殊的詳情，以及可以使這件事情活生生呈現在眼前的真實對話，以下再給它添油加醋一番：

上星期二，我辦公室的門砰的一聲打開了。我抬起頭來，正看見查理斯·伯烈克珊滿臉怒容。他是我們的一位常客，我沒來得及請他坐下，他劈頭就說：「艾德，你立刻派一輛卡車，把那台洗衣機給我從地下室裡運走。」

我問他怎麼回事，他氣急之下，幾乎無法回答。

「它根本不管用，」他大吼，「衣服全糾纏在一起，我老婆討厭死它、煩死它了。」

我請他坐下解釋清楚。「我沒時間坐下，我上班已經遲到了！無論如何，我以後也不上這裡來買家庭用具。你相信我，我再不求了。」說到這裡，他伸出手來，又是打桌子，又是敲我太太的照片。

「聽我說，查理，」我說，「你坐下來把情形都告訴我，我答應替你做一切你要我做的事，好吧？」聽了這句話，他才坐下，我們總算平靜地把事情談清楚。

不是每次你都可能把對話加進演講中，但是你應該可以看出，以上摘錄中引用的對話，對聽者很有戲劇性的作用。如果演講者還有些模仿技巧，能將原來的聲調語氣說進字句裡，對話就更見效果了。而且對話是日常生活中的會話，會使演講更為真實可信。它使你聽著像一個有真情實感的人隔著桌子在說話，而不是一個老學究在學富五車的學會會員面前宣讀論文，或是一個演講家往麥克風裡窮吼。

展示演講的內容，使其視覺化

心理學家告訴我們，八五%以上的知識，是經由視覺印象為我們所吸收的。這說明電視之所以為廣告與娛樂媒介，以及其所以收效甚大的原因。當眾說話也是如此，是一種聽覺藝術，也是一種視覺藝術。

以細節來豐富演講，最佳的方法之一是在其中加以視覺的展示。也許，你花費數小時只為了告訴我如何揮動高爾夫球桿，我卻可能會感到厭煩。可是，你若站起來表演把球擊下球道時該怎麼做，我就會全神貫注地傾聽。同樣地，你若以手臂和肩膀來描繪飛機飄移不穩的情況，我定然會更關切你輕叩鬼門關的結果。

請聽聽以下這段英國歷史學家麥考萊對查理一世的譴責。請注意，麥考萊不僅使用圖畫，也運用平行的句子。強烈的對比，一向能吸引住我們的興趣。強烈的對比，就是構成以下這段文字的磚頭與灰泥：

> 我們指責他破壞自己的加冕誓言；有人卻說他維持婚姻誓言！我們指責他放棄他的子民，使他們遭受脾氣暴躁的主教的無情打擊；有人卻替他辯護說，他把他的小兒子抱在膝上親吻！我們指責他在答應遵守《權利請願書》之後，卻又違犯其中的條款；我們卻被告知，他習慣於在清晨六點祈禱！基於上述這些考慮，以及他的范戴克式的服裝，他英俊的臉孔和他尖削的鬍子，他的聲望應該歸功於我們這個時代。

用明確熟悉的語言製造心理圖像

圖像、圖像、圖像！它們就像你呼吸的空氣一樣自由自在！把它們點綴在你的演講裡，你的談話就會更有趣，也更具影響力了。

舉一個例子，假設你想說明，尼加拉大瀑布每天所浪費掉的潛在能量極為驚人。如果你只是這樣說，然後又加上一句說：如果這些能量可以加以應用，並且以其收益來購買生活必需品，將有很多人可以獲得溫飽。這樣的敘述方法是否有趣？肯定無趣。可是讓我們看看愛德華・史洛森在《每日科學新聞公報》中對這件事是如何報導的：

> 我們知道，美國境內有幾百萬窮人吃不飽，穿不暖。然而，我們卻平均每小時浪費相當於二十五萬條的麵包。我們可以在腦海中想像，在尼加拉大瀑布這裡，每小時有六十萬個新鮮的雞蛋從懸崖上掉下去，在漩渦中製成一個大蛋捲。如果印花布不斷從一架像尼加拉河那樣寬達四千英尺的織布機上織出來，那也就意味著，同樣數量的布料被浪費掉了。

如果把卡內基圖書館放在瀑布底下，大約在一兩個小時內，就可以使整座圖書館裝滿各種好書。或許我們也可以想像，一家百貨公司每天從伊利湖上游漂下來，把它的各種商品沖落到一百六十英尺下的岩石上。這將是一種極為有趣而壯觀的景象，也像目前的尼加拉大瀑布那樣吸引人，而且不必再花錢維護。然而某些人可能以浪費為理由來反對，就如同目前有人反對利用瀑布流水的能量一般。

很顯然，這種描述比以上那幾句平鋪式的直述高明多了。再看看這裡面有哪些像圖畫一樣生動的詞句？它們在每個句子中跳躍出來，然後奔跑開去，多得有如澳洲草原上的野兔：「二十五萬條麵包、六十萬個鮮蛋自懸崖上滾落下去、漩渦中的大蛋捲、花布從四千英尺寬的織布機跑出來、卡內基圖書館被放在噴泉下、書籍、一個漂浮的百貨公司被沖落……下面的岩石、瀑布……」

想要對這樣的一場演講或文章不加理會，恐怕就像不要對電影院銀幕上正在放映中的電影投以任何注意力那樣困難。

以下讓我們來看看一篇得獎的演講，它遵循我們之前提到的這些原則。這篇演講是幾年前在全國房地產協會所發表的。這篇演講在與來自其他市的二十七篇演講的競爭中脫穎而出，得到第一名——就算在今天，也同樣會得獎。這篇演講結構完美，列舉事實，而且可以敘述清晰、生動、有趣。整個演講富有精神，使人勇往直前，非常值得閱讀和研究。請看：

卡內基
語言的突破。

主席、各位朋友：

遠在一百四十四年前，這個偉大的國家——美利堅合眾國——在我居住的費城誕生了。因此，很自然的，一個有著這種歷史紀錄的城市，應該擁有那種強烈的美國精神：不僅使它成為這個國家中最偉大的工業中心，同時也是全世界最偉大、最漂亮的城市。

費城擁有將近兩百萬人口，面積等於密爾瓦基和波士頓，或是巴黎與柏林面積之和。在我們這個城市的一百三十平方英里的土地上，我們提供將近八百畝的最佳土地建造美麗的公園、廣場和林蔭大道，使我們的市民有適當的休閒及娛樂場所，以及屬於每位正當美國公民的正常環境。

朋友們！費城不僅是一個偉大、乾淨和漂亮的城市，也是舉世聞名的「世界工廠」。它之所以被稱為「世界工廠」，是因為我們有四十萬人受雇於九千兩百家工廠企業，並且在每一工作日每十分鐘之內生產出價值十萬美元的產品。根據一位著名的統計學家統計，在美國國內，沒有一個城市能生產出和費城同樣多的木製品、皮製品、針織品、紡織品、氈帽、五金製品、工具、電池、鐵殼船以及其他物品。不管白天或夜晚，我們每兩個小時生產出一部火車機車頭。

在這個國家，一半以上的人口皆乘坐費城製造的電車。我們每分鐘生產一千支雪茄。還有，在前一年，我們的一百一十五家製襪工廠為我國的每位男士、女士及小孩們製造兩雙襪子。我們生產的地毯，比英國和愛爾蘭所生產的地毯之和還要多。事實上，我們的商業交易金額太龐大了。我們銀行去年的總交易金額，竟然達到三百七十億美元，可以償付英國第一次世界大戰所發行的全部戰時公債。

但是朋友們，雖然我們對我們的偉大工業進展感到十分驕傲，雖然我們對身為這個國家最大的醫學、藝術及教育中心深感榮耀，但令我們更感榮耀的是這樣一個事實：費城的私人住宅數目，遠超過世界上任何一個大都市。僅在費城，我們就擁有三十九萬七千棟私人住宅。如果把這些住宅放在二十五英尺寬的土地上，一棟緊靠著另一棟，排成單獨的一排，可以一路從費城排到我們現在所在的堪薩斯市會議廳，然後繼續排到丹佛市，全長達一千八百八十一英里。

費城不是適合歐洲君主制度生存的肥沃土地。因為我們的家庭、我們的教育制度以及龐大的工業體系，都是由誕生在我們城市的真正美國精神所產生的，也是我們祖先所遺留下來的傳統。費城是這個偉大國家的母城，也是美國自由的基礎。第一面美國國旗就是在這個城市裡製造的；美國的第一屆國會就是在這個城市裡召開的；《獨立宣言》就是在這個城市簽署的；就是在這個城市裡，最受愛戴的美國國寶——自由鐘——激勵我們數以萬計的男女老少同胞。因此我們深信，我們有一項神聖任務：不是崇拜金牛，而是去散播美國精神，使自由的火種繼續燃燒下去。因此，在上帝的恩准之下，華盛頓、林肯、羅斯福的政府將是對人類的啟示。

讓我們來分析這篇演講稿，讓我們看看它的結構，它如何發揮演講的影響力。第一，它有開頭，也有結尾。這是很難得的——比你所可能想像的更為難得。它從某處出發，它像野雁般振翅直接飛往那地點。

它不閒蕩，也不浪費時間。

這篇講稿有新鮮感，有個性。演講者一開始就說出他的城市的一項特點，是其他演講者不可能用來訴說他們的城市的一項特點。他指出，他的城市是整個國家的誕生地。

他說出他的城市是世界上最大、最漂亮的城市。但這種說法很普通，很老套，只是這樣說，不會令人產生深刻的印象。這位演講者知道這一點，為了幫助聽眾們具體瞭解費城的大小，他說：「費城的面積等於密爾瓦基和波士頓，或巴黎和柏林面積之和。」這種說法很具體、明確、有趣，而且令人感到驚訝。這種說法發揮的效果，勝過一整頁的統計數字。

接著，他宣稱費城是「舉世皆知的世界工廠」。聽起來有些吹牛，不是嗎？而且更像是宣傳。要是他立即談論下一個問題，可能沒有人會相信他了，但是他沒有這樣做。他列舉了費城領先世界各地的產品：「木製品、皮製品、針織品、紡織品、氈帽、五金製品、工具、電池、鐵殼船……」

這樣一來，就不像是在做宣傳了，不是嗎？

費城「不管白天或夜晚……每兩個小時生產出一部火車機車頭……一半以上的人口皆乘坐費城製造的電車。」

聽到這裡，我們一定會這樣想：「哦，我從來不知道有這麼回事，也許我昨天進城時就是乘坐其中的一部電車。我明天可要注意看看，我們鎮上的電車是從哪裡買來的。」

「每分鐘生產一千支雪茄……為全國每位男士女士及小孩們製造兩雙襪子。」我們的印象更深刻：「也許我最愛抽的雪茄是費城生產的……還有，我現在腳上穿的這雙襪子……」

這位演講者下一步怎麼做？又回到他最初所說的費城面積大小的問題，並且把他當時忘記的一些事實告訴我們？不，不是的。他針對一個問題，談完了這個問題，用不著又回頭去談它。對於這一點，我極為讚賞。如果一位演講者從一個問題跳到另一個問題，然後又回過頭來談一遍，就像一隻蝙蝠在夜色中那般飛翔不定，還有什麼比這種演講者更令人困惑及糊塗的？然而，有很多演講者卻這樣做，他們沒有依照一、二、三、四、五的次序來談論問題，反而像一位橄欖球隊呼叫訊號般地談論各種問題：二十七，三十四，十九，二。不，他們比這個更糟糕。他們談論問題的順序是這樣的——二十七，三十四，二十七，十九，二，三十四，十九。

但是這位演講者卻按照預定的時間直接往前走，不閒逛，不回頭，不轉向，不偏向左或偏向右，就像他自己提到過的那些火車頭。

但是，他現在卻提出整篇演講稿中最弱的一點：他宣稱，費城是「這個國家中最大的醫學、藝術及教育中心。」他只是如此宣布而已，然後又急急談起其他事——只是一句話，就想用來敘述事實，以為是生動描述，並深植於人們的記憶中，這是辦不到的。當然辦不到！人類的頭腦不是錄音帶。他對這個問題只用了這麼短的時間，而且說得如此普通，如此語意不明，似乎連他自己也沒有什麼印象，對於聽眾的影響力幾乎等於零。他應該怎麼做？他明白，他可以應用剛才用來解釋費城是世界工廠的同樣技巧。但是他也知道，在演講比賽期間，有人拿著碼錶在計算他所花的時間。他只有五分鐘，一秒鐘也不多。因此，他必須忽略這一點，或是忽略其他幾點。

「費城的私人住宅數目，遠超過世界上任何一個大都市。」他如何加深人們對這句話的印象，並增加可信度？第一，他舉出了數字：三十九萬七千棟。第二，他使這個數字具體化：「如果把這些住宅放在二十五英尺寬的土地上，一棟緊靠著另一棟，排成單獨的一排，可以一路從費城排到我們現在所在的堪薩斯市會議廳，然後繼續排到丹佛市，全長一千八百八十一英里。」

可能他還未把他的句子說完，聽眾們就已經忘掉他所舉出的數字。但要忘掉他所描述的情景那幾乎是不可能的。

冷冰冰的資料事實是很重要的，但雄辯的口才不能從它們身上發揮出來。這位演講者企圖製造一個高潮，感動聽眾的心，激起他們的感覺。所以現在提到家庭方面的問題時，他以情緒性的資料來處理。他讚揚費城是「美國自由的基石」。自由！這是一個神奇的詞句，充滿感情的詞句，幾百萬人為它犧牲生命。這個句子本身就很好，但是他使它變得好上一千倍。因為他舉出歷史事件與文件來支持他的說法，這對他的聽眾來說，是十分親切而神聖的：「第一面美國國旗就是在這個城市裡製造的；美國的第一屆國會就是在這個城市裡召開的；《獨立宣言》就是在這個城市簽署的……自由鐘……一項神聖任務……散播美國精神，使自由的火種繼續燃燒下去，因此在上帝的恩准之下，華盛頓、林肯、羅斯福的政府將是對人類的啟示。」這真是一個高潮！

這篇演講稿的布局，有很多可取之處。但最值得敬佩的是，從其結構觀點來看，如果這篇演講稿以一種缺乏精神及活力的平靜態度來發表，它可能會失敗，而且一無可取。但這位演講者發表的態度和寫作這篇講稿的態度一樣，帶有最為真誠的情感與熱忱。難怪這篇演講稿可以獲得「芝加哥杯」一等獎。

讓你的演講具有生命力

對於每個人來說，旺盛的體力是每個人嚮往的，絕對不可損耗你的精力。我在雇用演講班的演講者及指導老師時，首先就要看看他們是否擁有活力、活潑、熱誠這些美德。人們總是喜歡聚集在精力旺盛的演講者身旁，就如同野雁總是喜歡聚集在秋天的麥田裡一樣。

就在第一次世界大戰結束後不久，我曾經在倫敦與羅威爾・湯瑪斯共事。他當時正就阿拉伯的勞倫斯發表連串精彩絕倫的演講，聽眾連場爆滿。有一個星期天，我到海德公園裡閒逛，來到大理石拱門入口附近。在這裡，帶著各種主義、人種、政治、宗教信仰的演講者皆可以其主張高談闊論，而不受法律干預。我聽一位天主教徒解釋《教皇無謬論》，接著我又走到另一群人的外緣，想聽聽一位社會主義者對卡爾・馬克思有何高見，然後我漫步至第三個演講者那裡，他正在闡述為何一個男人應該有三妻四妾才算正確而適當……後來我又走開，並且回首看那三群人。

信不信由你，鼓吹一夫多妻制的傢伙，聽的人最少，只有寥寥可數的幾個。圍繞另外兩個演講者的人群，卻不斷增加。我問自己，怎麼會這樣？難道是題目有差異的關係？可是，我想不是。我觀察著，發現對這種現象的解答在於三位演講者本身。那位大談有幾個老婆是多好多好的傢伙，自己卻不像有興趣娶幾個太太的人；可是另外兩個演講者，從幾乎對立的觀點來說理論道，他們完全忘我地融入各自的講題裡。他們是拼著性命和靈魂在論道，他們舞動手臂做著激烈的手勢，他們的聲音高昂而充滿信念，他們散發熱情與生氣。**活潑、熱情、有生命力——這三樣，我一直認為是演講者首先應該具備的特質。**

如何才能進行這種虎虎有生氣的演講，以保持聽眾的注意力不會中斷？以下我將給你提供三個妙法，幫助你把熱情和熱誠注入演講中。

選擇自己熱衷的話題

我們之前一再強調，對自己要演講的題目要有深切的感覺，這一點極為重要。除非對自己選擇的題目懷著特別偏愛的情感，否則就不要期望聽眾會相信你那一套話。道理很明顯，如果你對你選擇的題目有實際接觸與經驗，對它充滿熱誠——像某種嗜好或消遣的追求等；或是你對題目曾經做過深思或關切，因而全心投入，就不愁演講時缺乏熱情了。二十多年前，在紐約我的某個班次裡有一場演講，其熱誠所產生的說服力至今仍鮮明地展現在我的眼前，無出其右者。我聽過很多令人心服的演講，可是這個——我稱它是「蘭草對山胡桃木灰」的案例，卻獨樹一幟，成為真誠戰勝常識的絕例。

在紐約一家極具知名度的銷售公司裡，有一個一流的銷貨員提出一個反常的論調，說他可以使「蘭草」在無種子、無草根的情形之下生長。根據他提供的故事情節，他將山胡桃木的灰燼撒在新犁過的土地裡，然後一眨眼間蘭草就出現了。他堅信山胡桃木灰有一種神奇的力量，而且只有山胡桃木灰是使蘭草長出的原因。

評論他的演講時，我溫和地對他指出，他這種非凡的發現，如果是真的，將使他一夜之間成為巨富。

因為蘭草種子每蒲式耳價值好幾塊錢。我還告訴他，這項發現會使他成為人類史上一位極傑出的科學家。我告知他，沒有一個人——無論他是生還是已死——曾經完成或有能力完成他所聲稱已完成的奇蹟，即還不曾有人自無生命的物質裡培育出新的生命。

我神態安詳地告訴他這些，因為我感到他的錯誤非常明顯、非常荒謬，無須特別加以駁斥。我說完之後，班上的學生都看出他論述中的謬誤，唯獨他自己不見，連一秒鐘的領悟也沒有。他對自己的觀點非常熱衷，熱衷得簡直不可救藥。他立刻起立告訴我，他沒有錯。他抗議說，他不是在引證某種理論，只是在陳述自己的經驗而已。他是深知自己的說話對象的，他繼續往下說，擴大原有的論述，並且提出更多的資料，舉出更多的證據，他的聲音中透出一片真誠與熱情。

我再度告訴他：他的觀點正確的可能性渺小之極。沒想到，他立刻站了起來，提議跟我打賭五元，讓美國農業部來解決這場紛爭。

你想知道後來又發生什麼怪事嗎？班上有好幾個學生都被他爭取到他那邊去了。許多人開始將信將疑。我若是對此做出明確的表決，我相信班上一半以上的生意人都會倒向他那邊。我問他們，是什麼動搖了他們原先的觀點的？他們一個接一個都說是演講者的熱誠和深信，使他們自己懷疑常識的觀點。

既然班上的學員們如此易於輕信，我只得寫信給農業部。我告訴他們，問這麼一個荒謬之極的問題，真是覺得不好意思。果然，他們答覆說，要使蘭草或其他活的東西自山胡桃木灰裡長出是不可能的。他們還附加說明，他們還從紐約收到另一封信，也是問同樣的問題。原來那位銷售員對自己的主張太有把握了，因此坐下後也立刻寫了一封信。

這件事使我終生難忘，也給了我一個有益的啟示。演講者若是熱切地強烈地相信某件事，並熱切地強烈地發表自己的觀點，就可以獲得人們對他的信仰的擁護，即使是他宣稱自己能從塵土和灰燼中培植出蘭草也無妨。既然這樣，我們胸中所歸納、整理出來的信念，若在常識和真理這邊，更會有莫大的驅動力。

幾乎所有的演講者都會懷疑，自己選擇的題目能否提起聽眾的興趣。只有一個方法能保證他們對此感興趣：點燃自己對話題的狂熱，就不怕它不能調起人們的興趣了。

以下的例子，可以說明慎重選題目的重要性：

有一位先生，我們姑且稱他為約翰先生，他參加我們在首都華盛頓開設的課程。初上課時，有天晚上他演講的內容是描述美國的首都。他所選用的事實是從當地一家報社所發行的一本小冊子裡倉促搜集來的，聽起來就令人感到枯燥、不連貫、未經消化。雖然他在華盛頓住了許多年，卻無法舉出一個親身的經歷說明他為什麼會喜歡華府。他只是一味列舉著一連串枯燥無趣的事實。班上同學聽著難受，他自己也講得痛苦。

兩個星期以後發生的一件事情，把約翰先生害慘了。他有一輛新車停放在街上，一位不知名的人開車撞上來，把它撞得稀爛，肇事者事後也不通名報姓就逃逸無蹤。這件事可是活生生的親身經歷。因此，當他說起這輛撞得稀爛的汽車時，他的演講便顯得情真意切，源源泉湧，烈火沸騰，就像維蘇威火山爆發。同樣是在這個班上，僅兩個星期的間隔，同學們前次還覺得煩躁無聊，在椅子裡扭動不安，現在卻給約翰先生報以熱烈的掌聲。

我曾經一再指出，如果題目選擇正確，你不想成功都不行。在備選題目中，有一類題目是保證錯不了的，那就是談自己的信念。你對自己生活周遭的某方面一定具有某種強烈的信仰，因此你不必上天入地去尋覓這些題材。它們通常就在你的意識層面，因為你時常會想到它們。

重現自己對題目的感覺

假設你要告訴聽眾關於一個警察的事情，他因為你開車超速而把你攔下來。你以一個旁觀者冷靜漠然的態度來告訴我們固無不可，然而這件事情發生在你身上，你會有某種感受，這種感受會使你用十分準確的語言表達出來。

第三人稱的方式不會給聽眾留下多少印象。他們會喜歡知道，那個警員開罰單給你時，你心裡是什麼感覺。所以你越是能讓自己描述的情景重現，或是重造當初所感受的情緒，你越能生動逼真地表達自己。

用熱烈的方式表達

當你走上台去要對聽眾進行演講時，應該是滿心期盼的神態，而不是像一個要登上絞架的人。輕快跳躍的腳步也許大多數是裝出來的，可是卻會為你製造奇蹟，並且讓聽眾覺得你有自己非常熱切想要談的事情。就要開講之前，深呼吸一下，不要靠著講桌或其他東西。頭抬高，下顎仰起。你就要告訴聽眾一些有價值的事情，因此你全身每個部分都應該清楚無誤地讓他們曉得這一點。

現在你是大權在握，像威廉・詹姆斯所說的，要表現得好像是如此。若能設法將聲音傳至大廳的後方，這樣的音效會讓你更有把握。如果開始做起手勢時，它們更能振奮你。

總之，記住這句話：表現熱烈，就會使你感到熱烈。

與聽眾共同感受你的演講

羅素・康威爾的著名演講稿《鑽石就在你家後院》，先後講過近六千次。你或許會想，重複這麼多次的演講，應該已經根深蒂固印在演講者的腦海裡了，演講時，字句與音調該不會再變了。其實不然。康威爾博士曉得聽眾的知識程度與背景各異。他覺得必須使聽眾感到他的演講是個別的、活生生的東西，是為這群，而且是專為這群聽眾而做的。

他如何在一場接一場的演講中成功地維繫著演講者、演講與聽眾間活潑愉快的關係？「當我去某個城鎮訪問時，」他寫道，「總是設法盡早抵達，以便去看看郵政局長、理髮師傅、旅館經理、學校校長、牧師，然後人們交談，瞭解他們的歷史與他們擁有的發展機會，之後我才發表演講，對那些人談論適合他們當地的話題。」

根據聽眾的興趣進行演講

他習慣在自己的演講裡加入許多當地人的談話和實例。聽眾之所以對此很感興趣，是因為他的談話內容與他們有關，與他們的興趣有關，與他們的問題有關。這種與聽眾最感興趣之事的聯繫，也就是與聽眾本身的聯繫。如果你這樣做了，肯定能獲得聽眾的注意，並保證溝通線路暢通無阻。艾力克・瓊斯頓是前美國商會會長，現為電影協會會長，幾乎在他每一場演講中都使用這種技巧。且看他在奧克拉荷馬大學的畢業典禮上是多麼機智地使用當地人們的興趣所在：

各位奧克拉荷馬人，那些喜歡傳播不實聽聞的造謠生事者應該是再熟悉不過了。就在前不久，他們還將奧克拉荷馬州描述成一塊永遠沒有希望的不毛之地。

據說在三〇年代，所有絕望的烏鴉都告訴其他的烏鴉說，最好避開奧克拉荷馬，除非自己攜帶了足夠多的口糧。

他們把奧克拉荷馬的將來，歸類為新美洲沙漠的一部分。他們認為這裡永遠再不會有發展前途。但是到了四〇年代，奧克拉荷馬卻成為世外桃源——成為百老匯吟誦讚美的對象。他們稱讚這是一塊「當雨過天晴，微風吹過，搖擺的麥穗飄送著陣陣芳香」的土地。

在十年之間，這個長久乾旱的乾燥地帶，已經成為一大片玉米地，長到大象的眼睛那麼高。

這就是信心帶來的結果——也包括預先計算各種無法避免的失敗可能……

但是我們可以這麼說：無論昨日的背景如何，在我們的時代裡，一切美好的潛意識都有成為事實的可能。

所以，當我準備前來演講而閱讀一九〇一年春季版的《奧克拉荷馬日報》文件的時候，我希望可以在這五十年前的事實中找到一些實例。

我發現什麼？

我發現最引人注意的一件事，那就是奧克拉荷馬的未來，我也發現最需要強調的，是我們的希望。

以上就是根據聽眾的興趣而發表演講的最佳例證。艾力克・瓊斯頓就是針對聽眾而特別設計的演講，因此聽眾也就會特別注意聽。這使得聽眾覺得他的演講並非複製品。

不妨問問自己：你所講的主題對聽眾究竟有什麼好處？能否幫助他們解決問題，達成他們的目標？然後開始講給他們聽，這樣必然會使得他們全神貫注地去聽。如果你是一個會計師，你的開場白可以這樣說：「我現在要教你們如何省下五十～一百元的稅款。」如果你是律師，你可以告訴聽眾如何預立遺囑，相信一定會讓聽眾興致勃勃。無論如何，在你特別的專業知識裡，一定可以找到對聽眾有所幫助的話題。

許多人無法成為一名良好的與人交流者，主要是他們只會談些他們自己感興趣的事情，而這些事情卻令其他人感到無聊透頂。還是把這種過程倒轉過來。你應該引導其他人談論他的興趣、他的事業、他的高爾夫成績、他的成就——如果對方是一位母親，談談她的孩子。如果你這樣做了，並且專注地傾聽對方說話，你將會給予對方很多樂趣。最後，你將被認為是一位有效談話的高手——即使你話說得很少。

來自費城的哈羅德・德懷特在一次上課時舉行的宴會上發表一場非常成功的演講。他依次談到圍坐在餐桌旁的每個人，談論此人在課程剛開始如何講話，以後又如何改進。他一一回憶每位學員做過的演講，大家曾經討論過的題目。他模仿其中一些同學，誇大他們的特點，逗得他們個個開懷大笑。像這樣的材料，是不可能令他失敗的，而且是最理想的題材。普天之下，不會有其他話題更可以使大家感興趣了，德懷特先生真是懂得如何去把握人性。

幾年前，《美國雜誌》的發展速度極為驚人，銷量激增，這是出版界中令人驚訝的一項事實。其中的秘訣何在？秘訣就在於已故的西德達和他辦雜誌的理念。我初次認識西德達時，他正主持該雜誌的「趣味人物」專欄，我替他寫了幾篇文章。有一天，他坐下來和我長談：

「人的本性都是自私的，」他說，「他們只對自己有興趣。他們不十分關心政府是否應該把鐵路收歸國有，但是他們卻希望知道如何獲得晉升，如何得到更多的薪水，如何保持健康。如果我是這家雜誌的總編，我將告訴讀者如何照顧牙齒，如何洗澡，如何在夏天時保持清涼，如何找到工作，如何應付所雇用的員工，如何購買房子，如何增加記憶力，如何避免文法錯誤……人們總是對旁人的生平故事感興趣，所以我將邀請一些富翁談談他們如何在房地產事業上賺進數百萬美元。我還要找一些著名的銀行家及各大公司的總裁，請他們談談如何從底層奮鬥而達到現在的成功地位。」

過了不久，西德達當上該雜誌的總編。當時，這家雜誌的銷量很少，算不上是一本成功的雜誌。西德達立即按照他的構想對雜誌進行改造。其反應如何？極為熱烈。雜誌的銷量也急速上升，達到二十萬份、三十萬份、四十五萬份、五十萬份……因為它的內容正是普通百姓希望閱讀的。不久，雜誌每月銷量達到一百萬份，接著是一百五十萬份，最後是兩百萬份。但是銷量沒有就此停住，而是繼續上升好幾年，西德達滿足了讀者們的第一興趣。

因此，當你下次面對聽眾時，設想他們急切要聽你說什麼——只要能適合他們。演講者若不能考慮到聽眾自我中心的必然傾向，很容易就會發現自己面對的是一些煩躁不安的聽眾：他們局促不安，不時看手錶一眼，並且滿懷希望地望著出口。

給予誠懇而真心的讚賞

聽眾是由很多個體構成的，因此他們的反應就和個人一樣。公然批評聽眾必會導致憤懣。對他們做過的值得稱讚的事表示讚美，你就已經獲得通往他們心靈的護照。這需要你自己去研究一番。誇張、肉麻的詞句，像「各位是我曾經面對的最有智慧的聽眾」也為大多數聽眾認為是空洞的諂媚而感到憤怒。

套一句演講家姜西・M・德普說過的話，你要「告訴他們一些有關他們的事，而那是他們沒想到你可能會知道的」。舉例說，有一個人最近要在巴爾的摩基瓦尼俱樂部演講，卻苦於找不到有關該俱樂部的特殊資料，只知其會員中曾有一位出任國際會長，一位出任國際董事，而這些，對於俱樂部裡的人來說並非新聞。他想要來一點新花樣，於是這樣開場：「巴爾的摩基瓦尼俱樂部擁有十萬零一千八百九十八個成員！」會員們側耳傾聽，這個演講人根本錯了——因為全球只有兩千八百九十七個基瓦尼俱樂部。演講者接著說：

「可是，就算各位不相信，它仍然是一個事實。根據數字統計，俱樂部確實有十萬零一千八百九十八個成員，而不是一萬個或兩萬個，確實是十萬零一千八百九十八個。我是怎樣算出來的？國際基瓦尼組織只有兩千八百九十七個俱樂部，巴爾的摩俱樂部過去曾出過一位國際會長和一位國際董事。從數學機率來看，任何一個基瓦尼俱樂部想同時出個國際會長和董事的機率是一比十萬零一千八百九十八——這個數字，是約翰・霍普金斯大學的一位數學博士告訴我的，其結果應十分可靠。」

講這類題材的時候，態度要一〇〇%的真誠。沒有誠意的話語，你也許偶爾會騙過一時，卻騙不了聽眾永遠。什麼「充滿高度智慧的聽眾……」，「這些來自紐澤西……的美女和俠士」，「我很高興來這裡，因為我愛你們每一位。」千萬不要這樣做！如果你說不出真心的話語，就不要勉強自己。

與聽眾融為一體

在你開始講話之後，應該在第一時間說明你與聽眾之間存在某種聯繫。如果你覺得很榮幸能應邀發表演講，就照實說。當哈羅德・麥克米蘭在印第安那州的德堡大學向畢業班講話時，他是這樣開頭的：

「我很感激各位親切的歡迎辭，身為英國首相，應邀前來貴校演講，也是一次難得的機會。但是我知道，我當前的頭銜恐怕不是各位盛邀的主要原因。」接著，他提到自己的母親是美國人，出生於印第安那州，父親是德堡大學首屆畢業生之一。

「我向你們保證，我對能與德堡大學有這樣的淵源感到榮耀。」他說，「現在，我很高興使這個家庭的古老傳統再度恢復過來。」

麥克米蘭提到美國學校，以及他的母親和身為先驅的父親所知悉的美國式生活，他立刻就替自己贏得友誼。

另一種打開交流之道的方法，是叫出聽眾中的有些人的名字。有一次，我在某個餐會裡正坐在當天主講人的旁邊。我很驚異，那位主講人在進餐時，頻頻打聽某些人的名字，這使我覺得十分奇怪。整個進餐中，他不停地問宴會主人，某個桌上穿藍色西裝的人是誰，那位帽上綴滿花朵的女士芳名是什麼。等他起身說話時，我立刻明白他這樣做的原因了。他非常巧妙地把方才得知的名字編入自己的演講裡，那些在演講被提到名字的人臉上都顯露出無比的快樂，而且我也感到這個簡單的技巧已為演講者贏得聽眾溫暖的友情了。

再看看通用動力公司總裁法蘭克・佩斯如何使用幾個名字，便產生意想不到的效果。他在紐約「美國生活宗教公司」一年一度的晚宴上演講：

今天晚上，對我來說，是一個極愉快又有意義的時刻。首先，我的牧師羅伯特・艾坡亞就在聽眾席裡。他的言語、行為和教導，已經使他成為我自己、我的家人以及我們全體人員的一種激勵和啟示……其次，在座的路易・施特勞斯和鮑伯・史蒂文斯對宗教的熱誠，已擴大為對公共事業的熱忱……能與他們坐在一起，實在是本人最大的榮幸。

要注意的是，假如你準備提到一個陌生的名字，尤其是剛打聽來的名字，要確信沒有弄錯。要確信自己為何要提到這個名字，並且以一種適當、得體的方式提出來。

此外，還有一個方法可以使聽眾的注意力保持在巔峰狀態，那就是採用代名詞「你」而不要用「他們」。這種方式可以使聽眾保持在一種自我感知的狀態中。這一點，我在之前已經指出，演講者如果想要把握聽眾的注意和興趣，就不能忽視這個因素。以下摘錄我們紐約某個訓練班裡的一個學員題為《硫酸》的演講中的幾段：

大多數的液體，都是以品脫、夸脫、加侖或桶等單位來計算的。我們通常說，幾夸脫的酒，幾加侖的牛奶，以及幾桶的蜜糖。在發現一處新油井之後，我們也會說它每天的產量有幾桶。但是有一種液體，由於生產和消耗量太龐大了，必須以噸作為它的計算單位。這種液體就是硫酸。

硫酸和我們日常生活的很多方面都有關係。如果沒有硫酸，你的汽車將無法行駛，你必須像古時候那樣騎馬或駕駛馬車，因為在提煉煤油及汽油時，必須廣泛應用到硫酸。不管是照亮你辦公室的電燈，還是照亮你餐桌的燈光，或是在夜晚引導你上床的小燈。這一切如果沒有硫酸，都將成為不可能。

你早上起床後，打開水龍頭放水洗澡。你轉的是一種鎳質水龍頭，在其製造過程中，也少不了要使用硫酸。在製造你的搪瓷浴缸時也需要用到硫酸。你使用的肥皂也可能是用油脂加上硫酸處理而製成的……在你還沒有和你的毛巾打交道之前，它就已經和硫酸打過交道了。你使用的毛梳上的梳毛也需要用硫酸處理，你那把賽璐珞質的梳子，如果沒有硫酸，也一定製造不出來。還有，你的刮鬍刀在經過鍛造後，也一定浸在硫酸中處理過。

你穿的內衣，套的外衣，扣的鈕扣——漂白業者、染料製造者，及染布者本人都要使用它們。製造鈕扣的人可能會發現，想要製成你的鈕扣，必須使用硫酸。皮革製造者也要使用硫酸來處理你皮鞋的皮革，而當我們想要把皮鞋擦亮時，硫酸又發揮了它的功效。

你下樓吃早餐，如果你使用的杯子與盤子不是純白色的，那更是少不了它。因為硫酸一向被用來製造鍍金及其他裝飾性材料。你的湯匙、刀子、叉子如果是鍍銀的，一定在硫酸中浸過。

製成你的麵包或捲餅的小麥，可能是使用磷酸鹽肥料種出來的，而這種肥料的製造更需要硫酸。如果你享用的是蕎麥餅與糖漿，糖漿也少不了它……

就像這樣，在一整天裡，在每一方面，硫酸都會影響到你。不管你到哪裡，都無法逃過它的影響力。沒有它，我們不僅無法打仗，也無法過和平的生活。因此，這種對人類極為重要又基本的硫酸，實在不應該被一般民眾所完全忽視……但很不幸的是，事實卻是如此。

這個演講者巧妙地使用「你」，並且把聽眾帶入自己演講的話題之中，因而維持聽眾的熱情不輟。但是有些時候使用代名詞「你」是很危險的，這可能不是在聽眾和演講者之間建立橋樑，而是造成分裂。在我們似乎以行家居高臨下的口吻對聽眾講話或對他們說教時，這種情形就會發生。這個時候，最好說「我們」，而不要說「你」。

美國醫藥協會的健康教育組組長鮑爾博士經常在無線電台和電視演講中採用這個技巧。「我們都想知道怎樣去選個好醫生，對嗎？」有一次，他在演講裡這麼說，「我們既然想要從我們的醫生那裡獲得最佳服務，我們是否應該知道怎樣做一個好病人？」

在演講中與聽眾互動

我有一些自己最喜愛的方法，可以讓聽眾參與我的演講，其中之一就是問些問題和獲取回答。我喜歡請聽眾站起來跟著我重複一句話，或舉手回答我的問題。帕西・懷廷有一本書：《如何在演講和寫作中增加幽默》，其中就聽眾參與提供一些有價值的忠告，書中建議讓聽眾表決一些事情，或邀請他們幫助解決一個問題。

「你對某些事情的態度要正確，」懷廷先生說，「要知道，演講和背誦不同，演講的用意在於獲得聽眾的反應——要讓聽眾在整個事件中變成參與者。」我喜歡他把聽眾描述為「整個事件的參與者」。這也是本章討論的關鍵所在。如果你能讓聽眾參與，他就成為你的好夥伴。

採取低姿態

埃德蒙・馬斯基在緬因州參議員任內，曾經在波士頓的美國辯論協會講話中，展示這種技巧。

「今天早晨，我遲疑著不知是否該接下這份演講的任務。」他說，「首先，我知道來的聽眾都是具有專業水準的人士，於是我不免自問：如此班門弄斧，在各位銳利的眼光面前暴露自己的愚拙是否明智。其次，這是一個早餐會，通常是人們最沒有警覺性的時刻，因此如果我表現得不好，這對於一位政客而言，其後果是十分嚴重的。再次，我今天要講的主題是：身為一名公僕，究竟有什麼影響力？關於此點，只要我繼續在政界活動，則對於此影響力的好或壞，我的選民似乎有顯著的不同意見。面對這些懷疑，我覺得自己很像一隻蚊子，無意間闖入了天體王國，簡直不知從哪開始好。」

馬斯基參議員繼續講下去，結果整個演講十分成功。

亞德萊・E・史蒂文生在密西根州立大學畢業典禮致辭的時候，也表現得十分謙遜。他在開場白中如此說：

「在這些場合裡，我總有一種力不從心之感，這使我想起一次有人問塞繆爾・巴特勒如何善用生命時他的回答。我想，他的回答是：『我連如何善用以下的十五分鐘都不知道。』我現在對於以下的二十分鐘就有相同的感覺。」

亨利及丹納・湯瑪斯，在他們的《現代宗教領袖傳》一書裡這樣評論孔子：「他從來不以自己獨具的知識去向別人炫耀。他只是以自己包容的同情心，去設法啟迪人們。」我們如果也能有這種包容的同情心，就已經掌握打開聽眾心扉的鑰匙。

第三章

不同類別的演講要領

The Quick and Easy Way to Effective Speaking

Carnegie

以簡短的演講獲得良好回應

第一次世界大戰期間，一位著名的英國主教在厄普頓營中對軍人們進行演講。他們將被派往前方作戰，當然他們只有少數人瞭解自己為什麼被派往前方。可是這位大主教卻全然不顧這些背景，反而對他們大談「國際親善」，以及「塞爾維亞民族在太陽底下應該有權佔一席之地。」令人感到好笑的是，他們之中竟有半數的人連塞爾維亞是一個城鎮還是一種什麼疾病都不知道。面對這樣一群聽眾，他不如用精深的「星雲學說」給他們來一段響亮的頌辭，這樣效果完全一樣。幸好整個演講過程中沒有一個騎兵開溜，這不是因為他們聽得入了迷，而是因為每個出口都有憲兵把守，以防止他們溜掉。

我無意貶抑這位主教，他是一名不折不扣的學者。如果是在一群宗教人士面前，他發表這樣的演講很可能會顯得聲勢奪人，功力盡現。但是他要面對的是即將上前線的軍人，遭遇失敗，而且是全軍覆沒，是可想而知了！他為何如此？顯然他不瞭解他的聽眾，也不知道自己演講的真實目的，這也就使他不知如何達成自己的目的。

演講的目的到底是什麼？概括起來，任何演講，無論自己是否清楚，一般都包含四個目標，它們是：

（一）說服別人採取行動。
（二）說明情況。
（三）增強印象，使人信服。
（四）讓人們感到愉快。

讓我們以林肯總統演講生涯裡一連串的具體實例來說明。

很少人知道林肯曾經發明一種裝置，並且獲得它的專利，這種裝置可以將擱淺在沙灘或其他障礙物中的船隻吊起。他還曾經在自己的律師辦公室附近的技工店裡，製造過這種器械模型。當偶爾有朋友來辦公室瞧見這個模型時，他就會不厭其煩地講解它的構造。進行這種講解的主要目的，就是說明情況，以讓對方瞭解有關的更多的資訊。

當他在蓋茲堡發表那篇不朽的演講時，當他發表第一次和第二次總統就職演講時，當亨利·克雷過世，由他就其一生致悼詞時，他在所有這些場合演講的主要目的就是增強聽眾的印象，使人信服。

當他在自己的律師生涯中，每次對陪審團申辯時，其目的是想贏得對他有利的判決。他在作政治演講時，則是在致力於贏得選票。他在這些場合演講的目的就是為了讓聽眾付諸行動。

林肯在當選總統的前兩年，曾準備了一篇有關發明的演講。當然，他進行這個演講的目的是想要歡娛人們，至少，他初始的目標是如此。可惜的是，他這次沒有成功。他本想成為一個大眾化的演講家，結果在這個方面卻挫折連連。他有一次在一個小鎮的演講，甚至沒有任何人去聽。

與他在這個方面的演講形成鮮明對照的是，他在其他方面的演講卻出奇的成功，其中一些已經成為人類語言的經典之作。原因何在？主要是，他在進行這些演講時明白自己的目標，並知道如何去達成。

許多演講者未能把自己的目標與演講對象的目標互相連結，以致到了講台上手忙腳亂，言語混亂，錯誤百出，進而不可避免地招致失敗。

這裡僅舉一例：一個美國國會議員曾經在舊紐約馬戲場進行演講，他還沒講夠，觀眾席上就發出一片吼叫聲和噓聲，致使他迫不得已離開講台。原因何在？因為他十分不明智地選擇了在這種場合做說明性的演講。他告訴聽眾，美國正在如何備戰。他的聽眾可不願意在這裡挨訓，他們現在要的是娛樂。他們起初還耐心而有禮貌地聽他講了十分鐘，十五分鐘，希望他的表演趕快結束。可是他仍然喋喋不休，扯個沒完。觀眾的耐心沒有了，他們不願再忍耐了。有人開始喝倒采以對他表示嘲諷，其他人接著跟進，一剎那，就有千人吹起口哨，有些人甚至吼叫起來。但這個演講者真是極其愚蠢、麻木，他對觀眾此時的心情竟毫無知覺，仍然悶著頭在繼續往下講。觀眾的無奈，已經升騰為怒火，這位仁兄竟然毫不識相，還試圖勸觀眾安靜下來，於是激烈的抗議聲越來越大。最後，觀眾的號叫與怒吼淹沒他的話語。到了這個地步，他也只能放棄努力，承認失敗，羞辱難當地離開會場。

請以這位議員的事例為借鑑，使自己演講的目的適合你的聽眾與面臨的場合。這位議員如果事先曾斟酌過自己演講的目標是否合乎前來參加政治集會的觀眾的目標，他就不會遭受如此慘敗了。只有把聽眾和演講的場合分析得當，你才可以從以上四種目的中選出一種作為你演講的目的。

如何組織演講素材，以使聽眾樂意採取行動？

我記得，我曾經於一九三〇年與同事們討論過這個問題。當時，我的演講課程開始在全國各地受到歡迎。由於一個班級容納的人數太多，我們只得對學生的演講限制在兩分鐘內。如果演講者的目標只是在於歡娛或說明情況，這個限制對演講還不至於造成影響。但是，等我們進行到要鼓勵聽眾採取行動的演講時，就不一樣了。我們若是採用老套的演講格式，即從緒言、正文和結論這個自亞里斯多德以來為眾多演講家所遵循的範式，就會使演講達不到激勵聽眾採取行動的效果。顯然，這需要我們注入一些新的與眾不同的東西，以便在設定的兩分鐘內達到預期的結果，並且讓聽眾付諸行動。

我們分別在芝加哥、洛杉磯、紐約舉行座談會議，向我們所有的老師請教。他們之中有許多人是在知名大學演講系執教；有些人在事業上已取得了顯赫的成功；還有些人則來自擴張迅速的廣告促銷界。我們希望可以綜合不同的背景，利用這些背景各異者的智慧，為演講的結構設計出一種新的方法，使這個方法可以十分合理地反映出我們時代的需要、合乎心理學的規則，並且可以用此來影響聽眾，讓他們採取行動。

真是皇天不負苦心人，從這些討論中，一個用於建構演講框架的「魔術公式」終於誕生了。它一問世，我們就在演講培訓班上採用它，而且從那以後至今就一直為我們採用。這個「魔術公式」是什麼？實際上很簡單，可說是一點就破。具體而言是這樣的：一開始便把你要講的主題以實例的形式告訴聽眾，透過這個例子，生動地說明你希望傳達給聽眾的意念是什麼。接下來則以詳細清晰的言辭表示你的論點。最後，陳述緣由，也就是向聽眾強調，如果他們依你所言去做，會有什麼好處。

我們確信，只要你利用這個「魔術公式」，必能引起聽眾的注意，而且可以使聽眾將關注的焦點對準你演講的重點。它也可以使你捨棄那些囉嗦且無味的開場白，諸如，「我沒有時間把這場演講準備得很充分」，或「當主持人請我談論這個題目時，我還一時納悶，他為何要挑選我？」要記住，聽眾對你在台上的道歉或辯解不感興趣，無論你在說這些話時是出於真心還是一種檯面上的客氣話。他們需要的是行動，而在「魔術公式」裡，你一開口就給了他們行動。

再來看看尼蘭・斯通是如何利用事件或事例來打動聽眾，以喚起他們對聯合國兒童救援行動的支持：

我祈禱自己再也不必為此而奔走呼叫了。想一想，一個孩子的生死之間僅差一顆花生，這個世界上還有比這更淒慘的事嗎？我也希望在座的各位永遠不必因為這些事去做什麼，也不必在事後永遠活在如此悲慘的記憶裡。但是，世界上發生的這些無情的事件卻讓我們無法停住自己的腳步，就在一月的雅典，一個被炸彈炸得千瘡百孔的工人區裡，我曾親耳聆聽到了他們的聲音，見到了他們悲傷惶恐的眼睛……造成這個慘景的，只是半磅重的一罐花生而已。當我費力地打開手中的援助物時，成群衣衫襤褸的孩子把我團團圍住，瘋狂地伸出了他們的手。更有大批的母親，懷抱嬰兒推擠爭搶……她們都把嬰兒推向我，只剩皮骨的小手抽搐地伸張著。我盡力使我所帶的那些救助物發揮最大的功用，多救活哪怕是一個饑餓的孩子。

在他們瘋狂的擁擠之下，我幾乎被他們撞倒。眼睛只可見到數百來隻手：乞求的手、抓握的手、絕望的手，全是一雙雙瘦小得可憐的手。我費盡心機在這裡分一點，又在那裡分一點。再挪一個地方，在這裡分一顆，又到那裡分一顆。數以百隻手伸向我，向著我請求著。當他們得到我的分發物時，數以百雙的眼睛閃出希望的光芒……最後，我無助地站在那裡，手中只剩下那個藍色的空罐子……哎，我希望這種情形永遠不會再發生，永遠遠離我們身邊。

舉出例證——那些來自於生活中的實例

在演講中，描述曾經給予你一個啟示的經驗，應佔去你演講的主要部分，佔用你的時間也最多。在這個階段，你要把你從中得到某些啟示的事件向聽眾描述出來。心理學家認為，我們的學習方式主要有兩種：一是採用「鍛鍊法則」（law of exercise），就是利用許多相類似的事件，導致某種行為模式的改變；二是採用「效應法則」（law of effect），即某單一事件因其驚人的效果而導致行為的改變。每個人都應該有這些不尋常的經驗，而且在自己記憶的表層中不難找到許多事例。我們的行為習慣於受到這些經驗的引導，所以我們可以對這些經驗重新歸納整理，並且用這些經驗來影響他人，因為一般人對言辭的反應和對實際發生狀況的反應類似。在舉例的時候，你必須使自己的親身經驗能產生一種有益的效果，以此來影響聽眾，就像當初影響你一樣。為了達到這個效果，你必須把自己的經驗敘述得十分詳細清楚，突顯其特點，並且產生一種戲劇性的效果，以吸引聽眾的興趣。以下是幾個建議，希望可以幫助你達到這些效果。

用單一的個人經驗做例證

假如你採用的例證是用單一的個人經驗為基礎，並具有很強的戲劇性效果，則其威力會十分驚人。也許這個事件發生的時間前後只需要幾秒鐘，卻會使你得到終生難忘的啟示。前不久，有一位訓練班的學員談到一件可怕的經歷，他講述自己如何從翻覆的小船旁企圖游到岸邊的經過。我相信在場的所有聽眾聽了他的敘述之後，一定暗下決心——假如以後自己也碰到類似的狀況，最好就像那位演講者所建議的：留在原地，等候救援。

在演講開始的時候，詳細敘述例證

在演講一開始就進入舉例階段，這樣可以立刻吸引聽眾的注意力。有些演講者無法在一開始便抓住聽眾的注意，他們經常喜歡引用一些陳腔濫調，或瑣碎的道歉這一類無法引起聽眾興趣的東西。如「我一向不習慣在大眾面前演講」之類的話，就很讓人生厭。還有許多陳腐的老套也不適宜於用作開場白，以免讓聽眾失去興趣。此外，喋喋不休地說明自己為何選擇了這個題目，或表示自己準備得不夠充分（聽眾其實很快就會發現這個事實），或像牧師布道般地宣揚自己的主題等，都是應該盡量避免的方式。

我們不妨從一流報紙雜誌的作者群中找到一些秘訣：直接開始你的例證，聽眾就會被吸引住。

以下是頗吸引我的一些開場白：「在一九四二年，我發現自己躺在醫院的病床上……」「昨天早餐的時候，我太太正在倒咖啡，這個時候……」「去年七月，我開著我那輛跑車在四十二號公路上快速飛馳……」「我辦公室的大門猛地被打開，我看見我們的工頭查理・范慌慌張張地闖進來……」「我正在湖邊釣魚，一抬頭，卻見到一艘汽艇朝我快速駛過來……」

假如你的開場白能回答「五個W」和「一個H」中的一個問題，即「誰（who）」、「什麼時間（when）」、「什麼地點（where）」、「什麼事（what）」、「為什麼（why）」、「怎麼辦（how）」你就是在運用最古老的溝通方式引起他人注意──就像說故事，「很久以前……」這是引發孩童想像之泉的神奇字眼。利用同樣的原理，你可以在演講一開始時，用自己的故事捕獲聽眾的心靈。

描述例證的相關細節

細節本身不有趣，一間堆滿雜亂家具或裝飾品的房間不吸引人，一幅塗滿過多毫不相關的細節的圖畫也不會令人賞心悅目。同樣地，演講時過多的細節描述──瑣碎、不重要的細節──也會讓聽眾難以忍受。描述細節的訣竅在於：必須選擇與主題有關聯的部分，並且能加強主題所闡述的理由與觀點。假如你想告訴聽眾「在長途旅行之前，應該詳細檢查汽車的性能」這個觀念，則在舉例階段的細節說明就必須集中在「由於你在長途旅行之前忘記檢查汽車性能，因此發生某種意外」這個主題上。假如你扯到如何欣賞途中風景，或到達目的地後去了哪裡等細節，則一定只會引起混淆或分散聽眾的注意力。

與主題有關的、措辭又十分具體生動的細節描述，可以使你所舉的例子栩栩如生，讓聽眾感到如臨其境。假如你說明一件車禍發生的原因只是「疏忽」，聽起來一定十分單調無趣，而且不可能引起聽眾想去檢查車子的念頭。但假如你生動地描述發生車禍的經過，利用可以引起多重感覺的語句去影響聽眾，其效果必定不同。以下是訓練班某位學員所舉的例子，他生動地指出，在寒冬開車的時候，需要多麼謹慎：

一九四九年冬天，就在聖誕節之前的某個早上，我在印第安那州沿著四十一號公路開車北上，妻子與兩個小孩都隨我同行。車子在鏡片般的冰上緩慢爬行幾個小時，我小心翼翼地握著方向盤，生怕一點動靜就會使整部車子滑得失去控制。只有少數幾個駕駛者敢離線超車，而時間也好像車速般緩慢向前滑行。

不久，車子來到一處較寬闊的馬路，而路上的結冰也被太陽融化了，我於是踩動變速器，企圖趕出一些時間。其餘的車子也紛紛加速，一剎那，好像每個人都急著想趕快抵達芝加哥。孩子們開始在後座唱起歌來，一點也不知道災難即將來臨。

忽然，馬路的上坡處伸入一處林地。疾駛的車子開到頂處的時候，只見山坡北邊的低窪處，因為林木遮掩而照不到陽光，仍然是冰雪一片。這個時候，我想減速已經來不及。兩部在我前面的車子瘋狂地滑下山坡，我也控制不住地急滑而下。我們滑過路肩，停在一處雪堤上，幸好車身沒有翻覆。但緊跟著我們滑行而下的車子，卻不偏不倚地撞向我們車子的側身。撞壞了車門，破碎的玻璃好像落雨般灑在我們身上。

這個例證的細節描述十分詳盡，使聽眾很容易進入情境之中。總而言之，你的目的是要使聽眾看見你所看到的，聽到你所聽到的，也感受到你當時的感覺。你想達到這個目的，就要運用許多豐富的詞彙去描述細節。正如我們在前面章節曾經提到，準備一場演講的作業，就是回答以下各種問題：何人？何時？何地？如何？為什麼？……你必須用豐富的詞彙和特定的語氣去引發聽眾的想像力。

將你的經歷再現給聽眾

除了利用翔實的細節描述之外，演講者還必須在描述事件時，使自己的經歷得到重現，這樣才有可能達到促使別人採取行動的目的。

在你舉例論證的時候，你採用的動作和激勵成分越多，就越能給聽眾留下印象。假如演講者缺乏這種再創作的熱忱，則無論所舉的例證描述得多麼詳盡，仍然不能產生有效的力量。你想描述一場大火嗎？那就想想我們的救火員與火焰奮戰的時候，你如何與群眾從火裡逃生。你想告訴我們你如何與鄰居發生爭吵嗎？那就讓這段經歷重現，並且強調某些特點。你有過在水中死裡逃生的經歷嗎？那就告訴聽眾，你在那段恐怖時刻，心裡如何感到絕望。你要想辦法讓談話顯得特殊，這樣聽眾才會記住你所講的話。只有讓聽眾記住你所講的話，你才可能要他們採取行動。我們會記住喬治・華盛頓誠實的品格，因為威姆斯在華盛頓的傳記裡提到砍櫻桃樹的故事。《新約・聖經》裡也充滿加強道德行為的例證，例如「善良的撒馬利亞人」等故事。

為了讓你所舉的例子可以銘刻在聽眾心裡，這種「實際經驗為例證」的演講會顯得更有趣、更具說服力、也更容易理解。你從生活中得到的經驗，此時剛為聽眾所接受，也準備對你要他們去做的事有所反應。這個時候，就到了「魔術方程式」的第二個階段。

說出重點，期望聽眾做什麼

在說服性的演講裡，舉例的部分約佔全部時間的四分之三。假定你全部的時間是兩分鐘，現在你要促使聽眾採取行動，說明採取行動對他們有什麼好處等的時間，只剩下三十秒。這個時候，已經不必描述細節，應該直截了當地把自己的主張陳述出來，這個階段要注意以下三個規則。

簡短有力地陳述重點

十分明確地告訴聽眾，你要他們做什麼。把你的主張寫下來，句子越簡短越好，就像電報一樣。盡量讓文字簡潔、清楚、明確。不要說：「請幫助我們孤兒院的病人」，應該說：「今天晚上，就登記參加下個星期天的郊遊野餐，我們有二十五個孩童需要照顧。」要求採取公開行動是很重要的——一個見得到的行動要比無數的精神行動好得多。舉例來說，「不時要想念你們的祖父母」，如果改成：「在本週末拜訪你的祖父母」，就清楚多了。像「要具有愛國情操」這類語句，也應該改成：「於下星期二前往投票」。

使重點明確容易操作

無論你所談論的主題是否會引起爭論，演講者都必須把自己的主張陳述出來，以便使聽眾容易理解並且採取行動，最好的方法就是讓你的主張明確而具體。

可以把付諸行動的主張詳盡地告知聽眾的演講人，要比那些只泛泛提及的演講者更能鼓勵聽眾採取行動。比如說：「請各位到講堂後面，在慰問卡上簽名」，就比只提醒聽眾送張卡片或寄封信給住院的班上學員要有效多了。

滿懷信心地陳述你的主張

所謂「主張」，就是指你整個談話的主題，或是觀點、要點。因此，你必須竭力推銷自己的某個主張，盡力說服聽眾接受它。就像報上的標題使用醒目的黑體字一樣，你的主張也應該透過聲調和有力的語氣來加強聽眾的印象。這是你留給聽眾的最後印象，所以要盡量使聽眾能感受到你的誠意。在陳述主張的時候，絕對不能顯出猶豫或膽怯的態度。這種說服性的態度要一直持續到最後，這就到了「魔術方程式」的第三階段。

講出理由或聽眾可以獲得的利益

在這個階段是陳述理由，簡單扼要仍是主要的原則。這個時候，你要給予聽眾動機，並且讓他們得到回報，使他們願意接受你的論點，做你要他們去做的事，具體來說要注意以下幾點。

使理由與事例緊密相關

本書已經多處提及當眾講話的動機。這是一個大題目，而且對任何「勸說聽眾採取行動」的談話都極為有用。在這裡，我們所談的只是有關簡單的談話，因此你所要做的，只是利用一兩句話來強調聽眾可以從中獲得的好處。但最重要的是，你所提及的好處必須與所舉的例子有關。舉一個例子，假如你告訴聽眾，自己如何因為買二手車而省下一筆錢的經歷，因此你要鼓勵聽眾買一部二手車。這個時候，你必須強調的是，假如他們買了二手車，會在經濟上有什麼好處。如果你談的是二手車的設計如何好過新近的車型，那就文不對題了。

你的理由只有一個

許多推銷員可以告訴你一大堆理由，以說服你必須買他們的產品。所以你也應該可以準備許多與例證有關的理由，以隨時準備補充你的論點。但最好是找出一個最適當、最特殊的理由來作為你整個論點的證據。你向聽眾所講的最後幾句話，應該就像一份高水準雜誌上的廣告詞一樣乾淨俐落。假如你能好好研究這些經由許多智慧結晶的廣告，相信可以增進你如何陳述主張和理由的技術。

假如你仔細研究這些廣告，而且分析其內容，你會很驚奇地發現，這些廣告隨時都應用「魔術方程式」在說服讀者或聽眾購買產品。

你還可以採用許多方法來列舉例證，例如：展示樣品、示範表演、引用權威人士的言論、比較、引用統計。在短時間的勸說性演講中，截至目前，「魔術方程式」仍是最簡易、最有趣、最富戲劇性、最具說服力的演講方式。

說明情況的演講

有一次，某位高層政府官員應邀到參議院的一個調查委員會做報告。他沒什麼演講技巧，只是不停地講了又講，不僅語意模糊，思路不清，而且講話沒有重點，讓人聽了不知所云。各委員聽得滿腦子糊塗。最後有一位來自北卡羅萊納州的議員薩莫爾‧歐文抓住機會站起來說了一席話。他說，這位官員使他想起一對夫妻的故事：

有一位先生通告律師為他辦理離婚手續。當然，他不否認這位妻子長得漂亮，烹飪手藝也很好，還是一個模範母親。

「你為什麼要和她離婚？」律師問。

這位先生回答：「因為她整天話說個不停。」

「她說了什麼？」

「問題就在這裡。」先生又說，「她從來沒講清楚什麼。」

這就是問題所在。許多演講者，不分男女，經常沒有使聽的人弄清楚他們到底在說什麼。他們從來沒有把自己的意思表達清楚。

現在，我就要告訴你如何在向他人告知某個資訊的時候，能正確而清楚地將之表達出來。

每天，我們都要發表好幾次通告式的談話，以指示別人如何做某件事、說明或報告某件事等。能清楚表達自己意思的能力，其實比勸服別人採取行動的能力更為重要。美國著名企業家歐文・楊便極力強調，在現代社會裡，能清楚表達自己意思的能力已經成為一種必要。他說：「當一個人想竭力促使別人瞭解自己的時候，其實也打開通向實用的大門。」

在當今這個社會裡，人越來越需要與他人合作，因此也越來越需要彼此瞭解。語言是傳遞資訊、增進理解的主要工具，所以，我們必須懂得如何去運用它——不僅是簡單地運用，應該是有區別地、視情形而定地靈活使用。

拉威格・韋澤斯坦曾經說：「一件事，若能被思考，必能被思考得很清楚；一件事，若能被講出來，也必能被講得很清楚。」

以下幾節將提供一些建議，以幫助你領會語言的運用，使聽眾能充分瞭解你。

限制時間以配合演講主題

威廉・詹姆斯教授在對教師們的談話中指出，在一場演講中，最好限定自己只講一個論點。他所指的一場演講，是指持續達一個小時的演講。但是最近，我聽見一位演講人在開始的時候就宣稱，他要在指定的三分鐘內，提到十一個論點，也就是每個論點只分配到十六秒半。這真是難以想像！有人會覺得這個主意很好，但是這個例子很特別，如果情況沒有這麼嚴重，對任何新手來說，論點太大也註定要出差錯。這就像旅行導遊想在一天之內帶領觀光客遊遍整個巴黎一樣。

假定你現在應邀到「勞工聯盟」發表演講，千萬不要想在三分鐘或六分鐘之內告訴他們，聯盟何以誕生、如何雇用員工、完成什麼任務、做了什麼不對的事，或是解決了哪些紛爭。不，這樣不行！假如你執意如此，沒有人會對你所講的東西有清楚的概念。他們甚至會被弄得糊里糊塗，對每個主題只有模糊的輪廓，沒有清楚的內容。所以，假如你只選擇一個主題，而且僅此一個，這不是要顯得更聰明嗎？你可以針對勞工聯盟的題材選出一個問題來談，然後收集盡可能多的資料，描述得詳盡一些。這樣的談話可以給聽眾留下更深刻的印象，不僅可以使主題清晰明瞭，而且更容易記在心裡。

把概念弄得有條理

幾乎所有的題材都可以因為適當的安排而增強演講的感染力，包括時間、空間，或特殊話題的安排。

舉例來說，在時間安排方面，你可以把題材就過去、現在、未來的順序進行安排；或是先選定一個日期，然後就這個日期向前或退後敘述。此外，所有對事件的說明必須由第一手資料開始，然後經過各種製作過程而生產出成品。這其中應該安排多少細節，要視你擁有的時間而定。

在空間安排方面，你可以把自己的概念先由中心點開始，然後逐漸向外推展，或是依著方向，如東、西、南、北等逐次介紹。比如你想介紹美國首都華盛頓，不妨先由白宮談起，然後依著方向，按順序說明每個值得介紹的地方。又假如你想介紹飛機引擎或汽車，最好也是按照它們的零件構造，逐一說明。

有些題材具有一種「既定關係」，比如你現在想介紹美國政府的組織設置，則最好依著這個組織的習慣架構來討論，如行政機關、立法機關、司法機關。

依次說出自己的要點

想要讓整個演講在聽眾心中留下鮮明簡潔的印象，最簡單的方法就是，在你說明的過程中，把要點一個個地列舉出來。

「我的第一個要點是……」你可以像這樣簡單明瞭地說出來。在你討論自己的論點的時候，可以明白地向聽眾展示這是你的第一個論點，然後是第二個、第三個……一直到結束為止。

拉爾夫・布切博士在擔任聯合國秘書長助理的時候，有一次應邀到紐約羅徹斯特的市政俱樂部發表演講。他直截了當地這麼說：

「今天晚上，我被選來講述『人際關係的挑戰』，其理由有二。第一……」然後，他又接著說，「第二……」在整個談話過程中，他都極其注意地讓聽眾逐一瞭解他的論點，然後才步入結論。

「因此，我們千萬不要對人類行善的潛在力量失去信心。」

經濟學家保羅・道格拉斯也喜歡採取同樣的方法。只是有些小小的改變：

「我的主要重點是……」他這樣開始，「刺激經濟復甦最簡捷有效的方法是：減少中下階層的課稅——因為這些階層通常都會用盡所有的收入。」

「尤其……」他又繼續說。

「接著……」

「還有……」

「其中有三個主要原因。第一……第二……第三……」

「總而言之，我們必須加緊減少對中下階層的課稅，如此才能增加群眾的購買力。」

用人們熟悉的觀念闡述新觀念

有時候，你會覺得自己很難向聽眾解釋某些觀點。這些觀念對你來說，是相當清楚的。但對聽眾來說，卻需要你花費一番口舌才可以使他們弄明白，甚至有些人怎麼也弄不明白。應該怎麼辦？最好的方法是用聽眾熟悉的東西來作參照，這樣聽眾就更加容易接受，也更加清楚了。

有些傳教士在異地傳教的時候，便常發現很難把聖經上的某些詞句妥帖地用當地語言講述出來。如在赤道非洲地區，以下的句子若僅照字面解釋，就很難讓當地土著人完全明瞭：「雖然你們的罪孽如血一般殷紅，但仍可以將它洗滌得如雪一般潔白。」那些傳教士是否照著字面來翻譯？那些生長在熱帶叢林的土著，怎麼可能知道雪是怎樣的白？但是，那些土著卻常攀上椰子樹去摘取椰子果，因此傳教士便把以上的句子改成這樣：「雖然你們的罪孽如血一般紅，卻可以將之洗淨得如椰肉一樣白。」

做了這樣的改變以後，其說服力不是更強嗎？

用圖像表達，使事件通俗易懂

月亮距離地球有多遠？距離太陽？其餘的星球？科學家通常喜歡用數字來回答許多太空遨遊之類的問題。但是，談論科學題材的演講者或作家，卻知道這很難使一般聽眾和讀者有一個清晰的概念，因而最好把這些素材圖像化。

好幾年前，有一位訓練班的學員描述在高速公路上發生的驚人傷亡記錄：「你從紐約開車到洛杉磯。一路上，高速公路上的路線標記不見了。想像地面上聳立的是一具具的棺木，裡面躺著的是去年在公路上因為車禍致死的人。你開車向前走，每隔五秒鐘就發現一具棺木，一直從公路的這一頭排到另一頭。」

自從聽了這個描述之後，我以後開車不敢離家太遠。

為什麼會如此？因為我們單從耳朵聽來的印象不容易留存。但是眼睛的印象？幾年前，我在多瑙河畔見到一顆炮彈，嵌在河堤上的一座老房子上——那是拿破崙在「烏爾姆之役」時所發射的炮彈，視覺印象

卡內基
語言的突破。

就如同那顆炮彈一樣，會產生可怕的衝擊力，嵌入我們的記憶裡，並驅逐所有不利的建議，就像拿破崙驅逐當時的奧地利人一樣。

盡量避免使用專業術語

假如你是專業性的技術人員——如律師、醫師、工程師，或從事特殊的商業買賣——在你面對一般聽眾演講的時候，請記住用一般的日常用語，必要的時候還要詳細解釋。

你一定對此要加倍小心，因為我聽過無數次專業性的演講，有許多人就是沒有注意到這一點而導致失敗。這些演講者完全沒有注意到一般大眾不清楚那些特別用語，於是他們的演講弄得聽眾滿腦子糊里糊塗、不知所云。

進行專業性演講的時候，應該怎麼辦？以下是印第安那州前參議員比威利齊的建議，可以作為參考。

當你開始演講的時候，不妨從聽眾中選出一位看起來最不聰明的人來當作對象，然後努力使那個人對你所談論的東西發生興趣。我想，只有把你的論點講得通俗明白，才會收到良好的效果。還有一個更好的辦法，就是從聽眾中選出一個小男孩或小女孩，這樣效果會更好。

告訴自己——若是大聲講出來讓聽眾知道——你要盡量使那個小孩明白你所講的話，並記住你對許多問題的各種解釋。而且在演講之後，還可以說出你究竟講了什麼話。

向聽眾說明專業性用語時，最好的方法就是用簡單的例子來做比較。舉一個例子：你現在要向一群家庭主婦說明冰箱除霜的原理。以下的說法顯然過於深奧難懂：冰箱的功能是建立在「由蒸發器把冰箱內部的熱氣抽出」的原理上的。如果熱氣被抽出，伴同熱氣的水蒸氣便附在蒸發器上，以致逐漸堆積成霜，而形成絕緣體。此時，蒸發器就必須加速馬達的轉動，才能彌補因結霜所造成的絕緣後果。

如果把以上的說法改成一般家庭主婦熟悉的用語，相信更容易明白：你們都知道冰箱內放肉的冷凍庫，也都知道冷凍庫裡經常結霜。這些霜會越結越厚，最後就必須消除，以保持冰箱的冷凍效果。冰箱裡所結成的霜，就像你在床上所蓋的毯子，或像房屋牆壁裡用來隔絕溫度的石棉一樣。現在，如果冰箱裡的霜越結越厚，裡面的熱氣就越來越難抽出來，冰箱也就越來越難保持冰冷的狀況。這個時候，冰箱的馬達必須更用力才可以把熱氣抽出。假如你的冰箱有自動除霜裝置，就可以維持更久的生命。

亞里斯多德曾經說：「思考時，要像一位智者；但講話時，要像一位普通人。」假如你不得不使用專業用語，就要先詳細說明，並且確定每個聽眾都明白那些用語的意思。尤其是碰到一再使用的關鍵字，那就更要留意了。

利用視覺輔助工具

由眼睛通向大腦的神經，要比由耳朵通往大腦的神經多上好幾倍。而且科學也證明，我們經由眼睛所賦予的注意力，要比經由耳朵所賦予的注意力多二十五倍。

日本有一句古諺語：「見一次，要比說上一百次有效得多。」

所以，假如你想讓聽眾能有一個清楚的概念，就要把你所說的內容視覺化。國家現金登記公司的創始人簡・帕德森一向主張如此。他為《系統雜誌》寫了一篇文章，告訴讀者他如何向同僚與員工講話：

我認為很難單靠講話而讓人清楚瞭解你的意思，或長期保持注意力。我們需要利用一些工具。無論什麼時候，盡可能用圖片來顯示你的觀點和內容。一般說來，統計表要比文字更加直接，圖畫又比統計更具說服力。理想的說明方法是把題材圖像化，文字僅用來串聯組合那些圖像。這是我長年與人接觸所發現到的方法。一幅圖畫，有時要比千言萬語有用得多了。

假如你採用圖表或統計圖，一定要準備得大一點，使每個人都可以看得清楚。但也不要做過頭了，接二連三的圖表往往讓人生厭。假如你是一面講解一面畫圖表，一定要動作迅速簡潔，別慢慢吞吞、拖泥帶水。聽眾們需要的是簡單易懂的圖表，而非精緻的藝術品。盡量使用簡稱，文字要大，不過於潦草；可一面講一面畫和寫，不時轉過頭來面對聽眾。

當你採用這種展示性的演講時，請記住以下這些建議，可以使你吸引聽眾的注意力：

（一）把準備展示的東西拿開，直到用時才拿來用。

（二）展示的東西要讓後排的每個人都看得清楚。

（三）不要在講話中傳遞展示品，那會使聽眾轉移注意力。

（四）展示物品時，要直立高舉起，務必使每個人都見得到。

（五）動態的展示要比靜態的展示讓人印象深刻。示範表演就是很好的展示方法。

（六）別看著展示品講話。記住，你要溝通的對象是聽眾，而非展示品。

（七）如果可能，展示品展示完畢，就立刻收起來。

（八）在使用展示品之前，不妨略具「神秘性」。可以將展示品置於身旁的桌子上，用東西蓋起來，如此可以引起聽眾的好奇心和興趣。

視覺器材在加強演講的明確性方面，越來越顯得重要。想要讓聽眾瞭解你心中所想的，與其用言詞告訴他們，不如用展示的方法更加有效。

有兩位前任的美國總統，都是善於演講的大師。他們都認為，要把事情講得清晰有條理，唯有靠不停的苦練。林肯說，「我們必須具有一種追求明確的熱忱」。他曾經告訴諾克斯大學的校長格利弗，說明他如何在孩提時代追求這份「熱忱」：

在我的孩提時代，每當有人跟我講話，我不明白他的意思時，就會使我苦惱萬分。沒有其他事比這更讓我生氣。記得每天傍晚，在聽過鄰居與我父親談過話之後，我獨自回到我的小房間時，整個晚上都翻來覆去睡不著覺，就是想要弄清楚那些大人的談話究竟是什麼意思。我把一些談話內容想了又想，直到能用一般男孩所能理解的語言說出來為止。這就是我追求明確的熱忱，至今仍絲毫不減。

另一位傑出的總統是伍德羅・威爾遜，我也把他的話節錄於下：

我父親是一個精力很旺盛的人，他絲毫也不能忍受含糊不清的談話。我所受的最好訓練都得自於他。也就是從那個時候起，我開始練習寫作，直到一九〇三年他去世時為止。父親死時享年八十一歲，所有我寫給他的東西，至今仍都保存著。

卡內基
語言的突破。

父親經常要我把寫出來的東西大聲念給他聽，這是我最感痛苦的事。因為他經常會打斷我的話，問我：「這句話是什麼意思？」於是，我要用更簡單的話把紙上的文字解釋一番。父親就會問我：「你原先為什麼不這麼寫？」他還說：「開槍不要用打鳥用的散彈，效力不大又弄得滿村皆知；要用來福槍，然後一槍打中。講話也是如此。」

說服性演講

一次，一群男士和一群女士發現自己置身於風暴的道路上。其實，這不是真正的風暴，但也可以這麼比喻。說簡單一些，這個風暴就是一個叫毛里斯・高伯萊的人。以下是那群人的講述：

我們圍坐在芝加哥的一張午餐桌旁。我們素聞此人大名，據說他是一個雷霆萬鈞的演講者。他起立講話時，每個人都目不轉睛地盯著他。

他安詳地開始說了──是一個整潔、文雅的中年人──他感謝我們的邀請。他說，他想談一件嚴肅的事，如果打擾了我們，請我們原諒。

接著，他像龍捲風一樣吹起來。他傾身向前，雙眼將我們牢牢地盯住。他並未提高聲音，但是我卻覺得他像一面銅鑼一樣轟響。

「往你四周瞧，」他說，「你們彼此互相看一下。你們可知道，現在坐在這間房裡的人，有多少將死於癌症？五十五歲以上的人之中，每四個人就有一個。四個人之中就有一個！」

他停下來，臉上光亮起來。「這是件平常卻很嚴肅的事，但是不會持續下去，」他說，「我們可以想辦法，這個辦法就是謀求進步的癌症治療方法，以及研究它致病的原因。」

他凝重地看著我們，眼光繞著桌子逐一移動。「你們願意協助朝向進步努力吧？」

在我的腦海中，這個時候，除了「願意」之外，還會有其他回答嗎？「願意！」我想，我發現別人也和我想的一樣。

一分鐘不到，毛里斯・高伯萊就贏得我們的心。他已經把每個人都拉進他的話題裡，他已經使我們站在他那一邊，投入了他為人類幸福而進行的運動。

這些事實加上高伯萊的個性，贏取了我們的心。真誠、熱切、熱誠——這是火一樣的決心，就如他長年累月地把自己獻給一個偉大的目標——所有這些因素橫掃過我們，讓我們產生一種同意於演講者的感情，一種對他的友誼與一種甘為關切、甘為所動的願望。

以真誠贏取信心

古羅馬雄辯家昆體良稱演講家是「一個精於講話的好人」，他說的是真誠與性格。本書已經說過和將要說的一切，無一能取代這種必要的性質。約翰・摩根曾經說：「性格是獲取信任的最佳方法，它同時也是獲取聽眾信任的最佳方法。」

「一個人說話時的那種真誠，」亞歷山大・伍爾科特說，「會使他的聲音發出真實的異彩，那是裝模作樣的人裝不出來的。」

當我們談話的目的是在說服時，要發出堅定不移的內在光輝來宣述自己的意念。我們必須先讓自己被說服，然後才能設法說服別人。

得到聽眾的贊同的方法

懂得說話技巧的人，會在一開始就從聽眾那裡得到許多「是」的反應。這樣可以引導對方進入肯定的方向。就像撞球一樣，原先你打的是一個方向，但只要稍有偏差，等球砸回來的時候，就完全與你所期待的方向相反了。

獲得聽眾的「是」的反應，這是一個很簡單的技巧，卻為大多數人所忽略。也許有人以為，一開始就提出與自己的相反意見，可以顯示出自己的重要與主見。事實上，這有什麼好處？假如你只是想得到一些鬥嘴的樂趣，或許可以這樣做，但假如你想達到某些目的，這樣做便顯得愚不可及了。

無論是學生、顧客、小孩、丈夫或妻子，如果一開始說了「不」字，就是智慧天使也很難把逆勢扭轉過來。

如何在談話開始就得到觀眾的贊同反應？十分簡單。林肯曾經說：「我的方法是，你要先找出一個彼此都會同意的基準點。」林肯發現，即使在討論極為敏感的奴隸問題時，這個方法仍然有效。在一份描寫林肯談話的報告書曾經提到：「在最初的半個小時，他的對手都同意他所說的每個字。從那個時候起，他開始把話題引至他所要涉及的方向，最後完全在他掌握之中。」

在許多爭論中，無論雙方的差異有多大，通常都可以找到雙方同意的基準點。舉一個例子：一九五五年二月三日，英國首相哈羅德・麥米倫到南非聯邦的國會發表演講。那個時候，南非仍然實施種族隔離政策，因此麥米倫首相在南非的立法院表露英國對種族政策的看法。他是不是一開始就反對這種政策？不。他一開始就強調南非在經濟上所取得的許多成就，對世界其他地區的貢獻等。然後才極富技巧地把問題引至不同的觀點上。即使如此，他還是不斷表示，這些差異點都是基於彼此不同的信念。

身為大英王國的一位公民，我們極其願意對南非獻出我們的支持和鼓勵。但容我直言，你們有許多政策實在很難讓我們支持和鼓勵你們。在我們的國土上，我們一向致力於謀求政治地位的平等。我知道我們不應該彼此居功或互相責難，而應以朋友身分相互對待。事實是，在當今這個世界，我們彼此仍存在著許多見解上的差異。

無論你的看法與演講者講法有多麼不同，由於演講者所表現出來的公正態度，應該很有可能使你接受他的觀點。

以帶有感染性的熱誠來講述

每次你開口講話，而且目的是要說服對方，則你的所有表現都會影響到對方的態度。假如你表現得不起勁，你的聽眾也不會起勁；假如你的態度隨便或是不包容，你的聽眾也會如此。亨利‧比徹曾經說：「假如教徒在聽道的時候睡著了，只有一樣事情可以做——給教堂管理員一根尖細的木棒，要他立刻給傳道人戳上一記。」

我曾經應邀到哥倫比亞大學頒發一個演講比賽的獎牌。當天連我在內，共有三個裁判。參加比賽的大學生約有六七名，每個人都受過良好的訓練，並且準備在當天好好表現一番。美中不足的是，他們的全副精力都用於去贏得那面獎牌，卻忽略真正去說服聽眾。

他們選擇的題目顯然並非個人的興趣，而是基於演講技巧的發揮，因此許多的談話只是演講藝術的操練而已。

只有一位來自祖魯的王子是一個例外。他演講的題目是「非洲對現代文明的貢獻」。他所講的每個字都充滿強烈的感情，而不僅僅是演講技術的操練。他所講的都是活生生的事實，完全出自內心的信念和熱忱，他好像成為祖魯人民的代表，也為自己的土地發言。由於他的智慧、高尚品格和善意，他向我們傳達那塊土地人民的希望，並且祈求我們的瞭解。

我們把獎牌頒發給他。雖然他在演講技巧上還不能跟其他兩三人相比，但由於他的談話充滿真誠，燃燒真實的火焰。與這一比，其他人的演講只是像煤氣爐裡微弱的火苗而已。

向聽眾表示尊敬和關愛

諾曼・文森特・皮爾博士曾經說：

人類的性格中，都有一個共性——需要得到他人的愛和尊重。每個人的內心深處都有一份價值意識，他們希望被看重，希望維護自己的尊嚴。如果你傷害這些特質，就會永遠失去這個人。因此，假如你用自己的愛和尊重對待一個人，不僅可以使他變得茁壯，他也會以愛和尊重回報你。

有一次，我和一位娛樂界人士參加一個節目。我與這位娛樂界人士相交不深，但自從參加那次節目之後，我知道他頗難相處，也知道原因何在。

那天，我一直安靜地坐在他旁邊，等候演講的時刻來臨。「你很緊張，是吧？」他這樣問。

「是啊！」我回答，「每次我要站起來演講的前幾分鐘，都會有些緊張。我一向尊重每位聽眾，也盡量不讓他們失望，因此不免就會緊張。難道你不會嗎？」

「沒什麼好緊張的。」他回答，「聽眾很容易愛上各種東西，他們只是一群笨蛋！」

「我不這麼認為。」我說，「他們是你至高無上的裁判，我還是尊重他們每個人的。」

後來，皮爾博士聽說這個人的名氣逐漸衰退。他知道，那是由於此人本身的態度所致。

這對一個準備開始演講的人來說，是一個非常有益的警示！

以友善的方式開始

有一位無神論者要威廉・佩里承認，宇宙中不存在什麼超自然現象。佩里一語不發地取出隨身佩戴的掛錶，打開盒面，然後說：「假如我告訴你，這些槓桿、齒輪和彈簧都是自己形成的，而且自己聚合在一起，開始很有規律地運作，你一定會以為我瘋了。現在看看那些星星，每一顆都按照一定的軌道運行——衛星和行星環繞著恆星運行，每天的速度超過了一百萬英里。每一顆恆星都有一群環繞它的星群，自成一個星系，就像我們這個太陽系一樣。它們如此有規律地運行，不會互相碰撞，不會互相妨礙，更不會走錯地點。一切是那麼安靜、有秩序、有效率。你比較相信這是偶然的存在，還是相信有一種超自然力使它們如此？」

假如佩里先生一開始就反駁這位無神論者，例如：「什麼，沒有神？不要蠢得像頭驢一樣。你知道自己在說什麼嗎？」你想結果會如何？又是一場唇槍舌劍，既暴烈又無效。那位無神論者會像一隻暴怒的野貓一樣，用惡毒的話回敬一番，盡力想維護自己的主張。為什麼？因為就如同奧維奇教授所指出的：那是「他的」主張。他寶貴的、絕對必要的自尊受到傷害，他的尊嚴瀕臨危機。

尊嚴在人的本性中是一個極富爆炸性的特質。所以，假如我們可以使這個特質與我們合作，不是比讓它與我們為敵要好得多嗎？但要怎麼做？就像佩里教授所說的，向你的對手顯示，你的意見和他信仰的某些觀念很類似，他便不會拒絕你的意見了。這個方法一般不會引起對方產生對立的情緒和意見。

我所主張的方法沒有什麼新意，古時的聖保羅便採用了這個方法。他在馬斯山向雅典人發表的那篇有名的演講，很熟練地引用這個方法，因而得以永垂不朽。保羅是一個受過完整教育的人，改信基督教之後，他的演講才能對傳播教義大有助益。一日，他來到雅典，那個時候，雅典已經度過了鼎盛時期，開始衰落。聖經上描述的情形是這樣的：雅典人和住在那裡的異鄉人都不顧其他事，只喜歡說說或聽聽新近發生的消息。

沒有收音機，沒有電信設備，沒有傳播新聞的管道，那些雅典人不得不每天下午到處去打聽消息。這個時候，保羅來了，這正是他們喜歡的新事物。他們圍繞著保羅，既新鮮又好奇，便把他帶到阿羅巴古去。他們向保羅說：「你所講的這些新道，我們也可以知道嗎？因為你有些奇怪的事傳到我們耳中，我們願意知道這些事是什麼意思。」

換句話說，他們是邀請保羅發表演講，保羅當然很願意。事實上，這正是他來到此地的目的。於是，他站在一塊石頭上，而且就像許多優秀的演講家一樣，一開始都有些緊張。他也許搓搓手，清清喉嚨，然後開始發言。

由於保羅不十分同意那些雅典人邀請他上台演講的理由，「新道……奇怪的事……」那是有毒的，他必須把這些觀念清除掉。這是一塊能接受任何不同意見的土地，但保羅仍不願把自己的信仰描述成一種奇怪、異質的事物。他要把自己的信仰和他們原有的信仰結合起來，這樣就可以更好地消除對立，讓對方接受自己。但要怎麼做？他想了片刻，靈光一閃，就開始這篇不朽的演講：「眾位雅典人，我看你們凡事都很敬畏神。」

有些《聖經》版本是這麼寫的：「你們都非常虔誠。」我認為這樣說比較好，也比較正確。這些雅典人敬拜許多神祇，而且非常虔誠，他們也十分以此為榮。保羅稱讚他們，使他們聽了心生歡喜，便與他親近了一步。這正是有力演講藝術的重要法則之一。保羅又說：「因為我行經這裡的時候，觀看你們所敬拜的一祭壇，上面寫著：給未識之神。」

「看，這證明了雅典人是非常虔敬，生怕疏忽了任何一位他們所不認識的神祇，便將一座祭壇獻給未識之神。這就像某些綜合保險囊括了所有可能的保險一樣。」保羅提到那座祭壇，表示他的讚美並非阿諛之辭，而是透過觀察所得出的結論。

接著，保羅十分巧妙地引入正題：「你們不認識而敬拜的神，我現在告訴你們。」

「新道……奇怪的事……」一點也不。保羅只提出一些簡單事實，便使得自己的信仰與雅典人的原有信仰聯結起來，這種技術實在十分高妙。

他又提到救贖和耶穌復活的事，也引用一些希臘的詩句，演講便很圓滿地結束了。當然有人不免說一些嘲弄的話，但也有許多人說：「我們還要再聽你講的這些事。」

所以，想要說服別人，或想讓別人對你的話留下印象，最好的方法是：把你的觀念植入到他們的心靈裡，並且避免讓對方產生對立的思想。可以這樣做的人，就可以在演講時發揮極大的力量去影響別人。

即興演講

不久之前，一群商界領袖和政府官員，同到一家剛落成啟用的新藥廠去。那裡的研究主任指派了六七名部屬，一個個站起來介紹他們的研究工作和成果。他們最近剛研究出一種新疫苗，可以抵抗傳染性疾病，新的抗生素可以殺死濾過性病毒，還有新的鎮靜劑可以解除緊張等。這些成品都先用其他動物來實驗，然後再用到人身上，效果都非常好。

「這太好了！」一位官員對研究主任說，「你這些部屬都像神奇的魔術家。但是你為什麼不也上台講幾句話？」

「我只可以跟腳講話，沒有聽眾。」研究主任怏怏不快地回答。

沒過多久，官員說出一件驚人的事情。

「我們還沒有聽到研究主任發言。」官員說，「他不喜歡發表正式的演講，但是我相信他一定可以跟我們說幾句話。」

這個場面真是尷尬。只見研究主任站起來，簡單地說了幾句話，並且還向大家道歉，這就是他發言的全部。

像這位研究主任，在他的專業領域裡可以說是極有成就，卻和普通人一樣，不敢在眾人面前開口。這實在不應該如此，應該學會站起來面對大眾即席談話。在我們訓練班裡，我還沒見到有人會做不到這一點。剛開始的時候，還有人斷然拒絕開口。但沒多久，只要他下定決心，無論有什麼困難，也一樣可以完成任務。

「假如我好好準備，並且經過練習，站起來演講沒什麼問題。」你可能會這麼說，「但假如是臨時被叫起來發言，我就不知道要講什麼。」

可以把自己的思想整理組合好，甚至比準備冗長的演講還重要。因為在這現代化社會裡，甚至一般的休閒場合，都越來越需要口頭上的交流。因此，可以迅速整合自己的思想，並且流暢地用語言表達出來，這種能力確屬必要。今天，許多產業或政府的重要計畫，通常不是由一個人來決定，而是由許多人在會議桌上決定的。所以，每個人都必須發言，要站起來陳述自己的意見，如此才能凝聚成團體意見，這就顯現出即席談話能力的重要性。

即興演講需要經常練習

即席談話或即興談話，是指「不假思索地說出來」的意思。有好幾個方法可以加強你在這個方面的能力，可以讓你在臨時被要求講幾句話的時候，能很流暢地表達自己的意思。其中有一個方法我覺得十分有用，是一位名叫道格拉斯・費班克的電影明星在《美利堅雜誌》上發表出來的。它原本是影星間用來訓練機智應對的遊戲，簡介如下：

每個人都在紙條上寫下一個題目，然後把紙條折好放進盒子裡用力搖。我們請一個人來抽題目，然後立刻上台以抽到的題目發表一分鐘的演講，我們從來不用相同的題目。有一個晚上，我抽到的題目是《談燈罩》。你以為這沒什麼可談嗎？試試看就知道了。

在我們的訓練班裡，有好幾次機會讓學員起來發表即興演講。長時期的經驗，使我瞭解這一類的訓練有兩種效果：

一是證明班上的學員可以站著思考。

二是即席演講的經驗，使他們對有準備的談話更具信心和安全感。他們發現，假如在有備演講中不幸發生「腦子中空」的意外事故，他們還可以運用即席演講的技巧來彌補，直到重上軌道為止。

是的，每隔一陣子，班上每個學員都會聽到這樣的宣布：「今天晚上，每個人都會拿到一個不同的題目，但要在上台前一刻才知道要講什麼。祝你好運！」

結果如何？有一個會計師發現自己抽到「談廣告」的題目，廣告推銷商發現自己的題目是「談幼稚園」；有一個老師抽到「談銀行」的題目，銀行家很可能必須談「學校教學」；一名書記員被分配到的題目是「談生產」，生產專家可能要講的題目是「談交通」。

他們會面露難色，表示放棄？不，從來沒有。他們也不假裝自己是權威，只就自己知識所及，講些自己比較熟悉的部分。當然，剛開始的時候，大家講得不怎麼好，但是他們畢竟都站起來，都開口講話了。對某些人來說，這也許不難，但對另一些人來說，確實是一件不容易的事，只是他們都沒有放棄，都發現自己講得比想像中要好得多。他們甚至難以相信自己也能培養出這種能力。

我相信，假如這些人可以做得到，其他人也一樣可以做得到——只要具有意志力和信心——而且，你越常練，事情就越變得容易。

另一個用來訓練即興談話的方法，叫作「接龍」。先由一個學員開始講故事，然後再由其他人繼續接下去。舉例來說，第一個學員可能這樣開始：「有一天，我正駕著直升機，忽然發現一群飛碟逐漸向我飛來。我開始下降，但離我最近的一個飛碟，有一個體格瘦小的人開始向我開火，我……」

這個時候，鈴聲響了，表示講話的人到此為止，接下去由第二個學員繼續把故事講下去。等到每個學員都接上自己的部分，往往故事的結局就變成火星上的水道，或眾議員的大廳等。

這也是訓練即興談話技巧的方法。像這一類的練習越多，等到實際需要開口講話的時候，就越能應付自如。

隨時做好即興演講的心理準備

應邀做即興演講的時候，通常要針對某個主題發表權威性的談話。問題在於，要面對當時的狀況，決定在那麼短的時間內要講什麼。想要在這個方面成為能手，最好的方法就是隨時做好心理準備。參加一個會議，你就要想著，假如這個時候有人要你臨時發表談話，你應該講什麼，你應該如何表示拒絕或同意？所以，我在這裡要給你的第一個建議是：在每個場合或每種狀況下，隨時做好上台講話的心理準備。你必須思考，這是比較困難的部分。但是，我相信任何一個即興談話的能手在準備參加一個聚會之前，都會花費好幾個小時的時間，去分析和研究那個場合的需求。就像飛機駕駛員要隨時做好準備，如果飛機發生緊急狀況，就知道應該如何處理。即興演講的能手，平常就會做練習，這樣其實是「非即興」的，因為事先有準備。

由於你已經知道主題，剩下的問題就是如何組織材料，以配合時間和現場狀況。即興演講的時間通常很短，所以要盡快決定你要用的材料，以配合當時的情況。不必因為沒有準備而講道歉的話，這是大家都明白的事情。所以，不妨盡快進入主題，然後參考以下諸原則。

直接進行舉例

為什麼建議你如此去做？主要有三個理由：

（一）你不用再為措辭大傷腦筋。因為來自經驗的東西，描述起來比較容易。

（二）你立刻可以進入演講狀況，忘掉「第一分鐘的焦慮」。

（三）吸引聽眾的注意。就如我在本書中所講的，來自實際生活的例證，絕對可以立刻吸引住聽眾。

聽眾的注意力，對你開始演講的第一分鐘來說非常重要。因為溝通的過程是雙向的，演講者對聽眾的注意力十分敏感，如果感受到被接受或有期待，就像由聽眾腦部發出電波一樣，演講者就會盡其所能繼續講下去，以回應聽眾的注意和期待。如此，演講人和聽眾之間便建立一種融洽關係，這正是演講能否成功的關鍵——也是所有溝通過程的關鍵。所以我要求你們要以舉例證開始，就是這個道理。

語言有力而帶有生氣

本書在之前也提過多次，假如演講者很有精神，聲音強而有力，你的外表的生氣會影響到內在的精神力量。你有沒有見過有些人在演講時喜歡用手勢？當開始用手勢之後，通常講話也變得流利，甚至出言機智，很吸引聽眾的注意。

生理活動與精神狀況關係十分密切，舉例來說，我們經常用同一個字眼來描述身體或精神上的活動，例如：「捕獲一個觀念」、「抓住某個思想」。威廉・詹姆斯也曾經指出，如果我們的生理充好電，有了力氣，也很快就會使我們的精神開始起作用。所以，演講的時候要完全投入，要講得活潑有力量，這樣必受歡迎。

此時此地，立刻開始

有人拍拍你的肩膀，跟你說：「講幾句話好嗎？」事先一點信號也沒有——你可能正在欣賞節目主持人的言談，忽然之間，你發現他談的正是你。所有人的目光都朝你的方向投射過來，你還沒搞清楚是怎麼回事，已經被選定為下一個即興演講人。

在這種情況之下，你很可能會漫無頭緒，不知從何開始。就像史蒂文・李卡克的那位糊塗騎士一樣，當他一躍上馬背，就「到處亂竄」。現在，這是極需要鎮定的時刻。不妨先深吸一口氣，並且注意聚會的性質和特點，以決定你要講什麼。通常，聽眾最感興趣的是自己本身。所以，至少有三個方向可以作為你談話內容的來源：

首先是聽眾。請記住，這是最簡易的方法。講一些與聽眾有關的事——他們是什麼樣的人，都做什麼事，尤其對社區或人類有什麼貢獻等。要用具體的例子來說明。

其次是場合。你當然知道這個聚會因何舉行？是紀念會？頒獎典禮？年度聚會？還是政治性聚會？

最後，假如你之前注意聽講，提及或讚美其他演講人也是很好的材料。凡是最成功的即興演講家，他們講的都是由即興而起，與現場狀況有關的。如聽眾、場合或其他演講人的說法等，其貼切有如手與手套一般。他們的東西是特製品，是專為這個場合而做的，因而成功是預料中的事情。

即興而談，而非隨興而講

這句話的意思是，即興談話不是信口開河，瑣瑣碎碎講些毫不連貫的東西。你仍然必須把所要傳達的意思，很有條理地表達出來。你所舉的例子要能符合你的中心思想，而且假如你講得很熱忱，就會發現這種沒有經過事前準備的演講，其實更活潑、更有力量。

如果可以把本章所提的這些建議記牢，並且找機會練習，你就可以成為一個令人滿意的即興演講家。

第四章

有效溝通的藝術

The Quick and Easy Way to Effective Speaking

Carnegie

發表演講的合適態度

以一場演講來說，最重要的有三件事情：是誰在發表這場演講，他如何進行這場演講，以及他說了什麼。

有四種方式，而且只有四種，可以使我們與世界發生接觸。信不信由你。人們正是以這四種接觸方式來對我們加以評價，並且進行歸類。**這四種方式是：我們做了什麼，我們看起來是什麼樣子，我們說了什麼，我們怎麼說**。本章先討論最後一項，即我們怎麼說。

打破羞怯不安的心態

我的課程安排中，有幾堂課的目的旨在解除人們內心的拘謹與緊張。我跪下來——這絕對不是誇張——請求我的學生從害羞的龜殼裡鑽出來，見識一下自己。只要他們肯出來，這個世界是會以熱情的姿態歡迎他們的。我承認，這需要花一點時間，然而卻是值得的。正如法國福煦元帥在談論戰爭的藝術時所闡明的：戰爭的藝術作為一個概念極為簡單，然而它執行起來卻很複雜且非常困難。當人們從害羞的龜殼中爬出來時，其最大的絆腳石，自然是拘謹局促，它不只表現在身體上，而且也表現在心理上，並且這種感覺會隨年齡增長而彌堅。

要在聽眾面前自然流暢地演講確實不是一件容易的事情，必須進行多次的練習，才能達到這種境地，演員們也許最可以體會這一點。

不知道有多少次，我在演講人講至中途時就打斷他們，請他們「講得像一個人一樣」。也記不清有多少個夜晚，我為訓練學生自然說話而絞盡腦汁，弄得自己回家時精神和神經都處於衰竭狀態。請相信我，這件事做起來確實不像說起來的那樣容易。

在一堂課裡，我要學生把對話裡的某些部分表演出來，其中有些甚至還是方言。我要他們盡情地投入到這些戲劇性的故事裡。當他們在這樣做時，都非常驚異地發現，儘管自己的表現也許像一個傻子，可是他們在這樣做的興頭上，感覺還真不賴！而且全班同學對某些人所顯現出的表演能力更是驚歎不已！因此，我認為，如果你可以在人群面前顯得安適隨意，你就不可能再退縮。而且此時你無論是面對個人或在人群面前，都可以用極為正常的、習慣的方式來表達自己的意見。

你此時忽然感到的這種自由，正像是一隻小鳥從拘禁的籠裡逃脫並展翅高飛一樣。你瞧！人們為什麼會蜂擁著去劇院或去電影院？因為在那裡，他們可以見到自己的同類在舞台或銀幕上毫無拘束地盡興表演！在那裡，他們還可以見到人們一覽無餘地坦露自己的胸懷和情感。

要做好自己

我們對有些演講家非常羡慕，他們可以在演講中嵌入表演術，可以毫無懼色地表達自己的觀點，可以靈活自如地用非常獨特的、個性化的、富於幻想的方式，說出聽眾們想聽的話。

要使講話成功，除了用於表達詞句以外，尚有其他的重要因素，那就是在詞句表達時所採取的特有風味，也就是演講時的態度。說什麼和怎麼說是兩回事，不可混為一談。

在英國國會裡，流傳著一句老話：一切事情的結果聽憑演講的方式而定，而不是根據事情本身而定。

「所有的福特轎車從性能到款式完全相同，」它們的製造商曾經這樣說，「但是，對於它的使用者來說，我們卻找不出完全一樣的兩個人。每個人都是一條新生命，他們都是沐浴在太陽下的一種有血有肉的存在。在他們誕生之日起，他們就是上帝的一種前無古人後無來者的創造。年輕人應該培養出這種觀念，他應該尋求獨特的個性，使自己與眾不同，並且挖掘出自己的價值。社會及學校可能企圖會改造他，它們習慣於把每個個體放在同一模式中，但是我們不會讓每個人內心所潛藏的那點充滿個性的火花消失。這是你作為一個人之所以具有重要性的唯一而且真實的憑證。」

對演講而言，以上這段話更是正確無比。在這個世界上，找不出另一個人與自己完全相同。是的，數以億計的人確實都有兩隻眼睛、一個鼻子和一張嘴，但是他們之中是沒有一個人與你完全相同的，從他們之中也找不出一個人具有和你完全相同的思想及想法。也很少有人以與你完全相同的方式來談話或表達自己的意見。換句話說，你所表達的觀點完全是個人化的，是十分獨特的。身為一名演講者，這種獨特性就是你最寶貴的財產。抓住它！珍惜它！發揮它！就是這點火花將使你的演講產生無窮的力量，並且表達出對聽眾無比的真誠。這是你個人具有重要性的唯一而且真實的憑證。拜託了，各位，我懇請你們，千萬不要把自己裝入某個被人設計的模子裡，使自己失去個性。

有些人的演講之所以表現得與眾不同，是因為他自己就是與眾不同的人物。他說話的態度，就是他個人特點的基本組成部分，就如同他的鬍子與禿頭是他的獨特「商標」一樣。相反地，我們設想一下，如果他企圖模仿勞合・喬治，他的表現將是虛假的，他也將註定失敗。

美國有史以來最著名的一場辯論發生在一八五八年，地點是伊利諾草原的一個鎮上，辯論的雙方分別是道格拉斯參議員和林肯。林肯個子高而笨拙，他的對手道格拉斯個子矮而優雅。這兩個人不僅在外表上迥然不同，他們在個性、思想、立場、見解上也完全不一樣。

道格拉斯身處上流社會，林肯有「劈柴者」的綽號，他經常穿著短襪子就走到大門口去接見民眾；道格拉斯的姿態十分優雅，林肯顯得比較笨拙；但道格拉斯完全沒有幽默感，林肯是有史以來最偉大的講故事專家；道格拉斯不苟言笑，林肯經常引用事實及例子來打動聽眾；道格拉斯驕傲自大，林肯十分謙遜而且寬宏大量；道格拉斯的思考速度很快，林肯的思考過程是慢條斯理的；道格拉斯說起話來猶如狂風暴雨，林肯顯得比較平靜，而且表達思想時非常深入，而且從容不迫。

這兩個人雖然外表與內在迥然不同，但是他們都是不同凡響的演講家，因為他們都具有無與倫比的勇氣與超乎常人的感知。如果其中任何一個人企圖模仿對方，他一定會在這場辯論中敗得很慘。幸運的是，每個人都把自己的獨特才能發揮到了極點，因而使自己既顯得與眾不同，又具有說服力。

「發揮自己的長處」，這句話說起來很容易，但是否容易遵循？很不容易。正如福煦元帥在分析戰術的時候表示：概念極為簡單，遺憾的是，執行起來卻很複雜、很困難。

培養良好的演講態度

在演講的重要組成部分中，用以表達的字句只是其中一部分，它還包括發表演講時的態度。與你在演講時說了什麼相比，你怎麼說絕對要更為重要。

一個好的演講態度，可以使一件很簡單的事情發揮出長遠的影響力。我注意到，在大專院校的演講比賽中，獲勝者不是演講題材最好的人，而是那些演講態度很好的人，道理很簡單，因為他可以使演講題材發揮最佳效果。

因此，你一定要注意你的演講態度。

什麼是演講態度？

某家店鋪的夥計將你所購買的貨物送到你家去時，他們是怎麼做的？那名送貨司機是否只是把那件貨物丟進你家後院裡，然後一走了之？把東西從自己手中扔出去，與把東西送到對方手中，是一回事嗎？想一想，電報局為什麼一定要派專人把電報親自交到指定的收報人手中？相比之下，所有的演講者都將自己的意思直接傳達給聽眾了嗎？

我舉一個例子，可以說明一般人對待談話的態度。有一次，我在瑞士阿爾卑斯山的避暑勝地——穆倫停留，住在由一家倫敦公司經營的旅館裡。通常，這家旅館每個星期都有從英國邀請來的兩位演講家向賓客發表演講。這一次，他們請到一位著名的英國小說家，她演講的題目是：小說的前途。她承認，這個題目不是由她自己選的，最糟糕的是，對於這個題目，她覺得沒有什麼話可說。由於她對此題目不真的關心，因此也就顧不得自己的演講是否會精彩。在演講前，她只是匆忙準備了一些提要，當她站在聽眾面前時，竟全然無視他們的存在，甚至連正眼都不瞧他們。她有時抬頭望著前方，有時候低頭看著自己的筆記，有時候又望著天花板。她照著筆記逐條地念著那些空洞的言詞，眼中充滿恍惚的神情，語音縹緲，將所有聽講者帶入枯燥乏味的太虛之中。

看看她的這種表現，這還談得上是表達嗎？這簡直就是在表演個人「獨白」，和聽眾之間毫無溝通感可言。好的演講首要的條件就是：有溝通感。作為演講者，你一定要讓聽眾感覺到，有一股資訊從你的腦海及心中直接傳達到聽者的腦海與心田。以上那位小說家的那種表演，也許只適宜在荒涼乾涸的戈壁大沙漠裡舉行，因為它聽起來就像是茫茫沙漠中的沙粒，她也就是把面對她的聽眾當成一顆顆毫無情感的沙粒，渾然不覺得自己是在面向一群人發表演講。

因此，發表演講既是一個很簡單的問題——即用正確的態度面對你的聽眾，但是它也有一套很複雜的程序，那就是你要對你要發表的演講精心準備，投入激情，真誠面對聽眾。因此，以上兩方面很容易被誤解及濫用。

如何保持良好的演講態度？

有一次，馬克・吐溫在內華達州的一處礦場發表演講。演講完之後，一名年邁的探礦員走上前來，問他道：「你平常說話的聲調是這樣的嗎？」

這正是在演講上聽眾們所期待的：你的聲音比平常說話的聲調要稍微提高一點。

如何才能學得這種既要提高嗓門又顯得自然的演講技巧？唯一的方法就是練習。在練習時，若發現自己的表達有些矜持彆扭，就請停下來，並且在心裡毫不留情地對自己說：「呀！哪裡不對？快點清醒！要有個性，要自然一點。」然後，假想你從聽眾中挑出了一個人——也許是坐在後座的人，也許是聽眾中最不專心的人，並且和這個人閒聊起來，同時想像他問了你一個問題，你現在正在回答他，而且你是唯一能回答他問題的人。他若是站起來和你說話，你也回應了他的話。透過這個練習過程，必然能立即使你的演講更加平和，越來越像你平日與人交談一樣，顯得更為自然，更加直截了當。因此，在進行這種練習的時候，假想它就是正在發生的真實事情。

透過這種不斷的練習，你的進展也許會很順利。到最後，你將感覺你在十分逼真地提出問題，並且逐一予以回答。例如，在你的談話中，你也許會問：「你們各位是不是有此疑問：我這樣說，是不是掌握什麼證據？當然，我確實掌握充分的證據，現在說明如下……」然後，你接下去回答你自己提出來的這個想像中的問題。這樣做會顯得十分自然，進而打破一個人唱獨角戲的單調局面，並且使你的演講顯得更加直接、愉快，而且更像在與朋友閒話家常。

當你在向社區委員會發表談話時，其態度應該和你向老朋友約翰聊天時一樣。社區委員會有什麼特別的？它不就是一大群像約翰的人聚在一起的團體嗎？你在單獨對付這些人時奏效的方法，在你用來對付他們這個全體時也同樣奏效。

在本章前幾頁，我們曾經敘述一位小說家失敗的演講方式。幾天之後，也就是在她曾經演講的那個大舞廳裡，我們有幸聆聽奧立佛・羅基爵士的演講。他演講的題目是「原子與世界」。這個題目對奧立佛來說可謂駕輕就熟，因為他曾經在此領域獻出半個世紀的思考、研究、試驗與探究。其中有些方面已經從根本上成為他自己心靈、思想與生命的一部分，在這個題目上，他感到自己有一些非說不可的東西。在講台上，他早已忘記自己是在演講，他可以說對此毫無顧忌。他唯一上心的是要告訴聽眾有關原子的事情，並且力求用正確、明暢、感情豐富的方式告訴他們。你瞧，他在講台上滿腔熱忱，一心努力使我們與他一起分享他所看到的，所感受到的。

結果怎麼樣？他做了一場超凡絕俗的演講，他簡直魔力四射，威勢懾人。他的演講給聽眾留下深刻的印象。他的演講簡直到了出神入化的程度。然而我確信，他從未想過自己是一個演講家；我也確信，聽過他演講的人，完全沒把他當成是一名「公眾演講家」。

如果你在公開發表演講以後，聽眾都在懷疑你曾受過當眾演講的訓練，那可不是什麼表揚，你不可以為是在給你的老師掙面子。作為你的老師，我對你的要求是要你以自然的、無比輕鬆的態度去講話，使聽眾已經無暇顧及你曾經接受「正式」的訓練。一扇好的窗戶，它本身不會招人注意，它只是在默默地放入光線。好的演講家也是如此，他是那樣的自然而不設置任何屏障，聽眾也從未留意他講話的神態，他只會把心思放在咀嚼他論述的觀點上。

全心投入演講中

真誠、熱心與高度的熱忱也可以助你演講成功。一個人受到自己的感覺支配的時候，他真正的自我就會浮出水面，他的熱烈情緒可以將一切障礙掃除，他的行為舉止將回歸自然，他的談話將自然如初，他的表現可以自然地達到其本來面目。

因此，如果說演講還有什麼表達技巧，也就是回到本書一再強調的：全心投入演講中。

布朗院長在向耶魯大學神學院的學生布道時說：「我的一位朋友曾經向我描述他在倫敦參加過的一次教堂儀式的情形，它讓我永遠也不會忘記。這位朋友告訴我，那天布道的主講人是著名布道家喬治・麥克唐納。在那天早上，他先念了《新約・希伯來書》第十一章的經文。到了講道時，他說了以下一段意味深長的話：『你們各位都聽過有關這些人篤誠信仰的事蹟。我不必告訴你們信心是什麼，因為神學教授在這個方面所做的解釋，要比我強得多。我到這裡來只是要幫助你們建立信心。』接著，他又以簡潔、真誠及高貴的方式，說明了他個人對那些不可見的永恆物的信念，希望以此協助他的教友在腦海及內心建立信心。他全心全意專注於他的工作。他的講道產生不同凡響的效果，這是不言而喻的，因為他的演講完全源於他自己的內在生命，有一種真正的美感。」

以上提到的「他全心全意專注於他的工作」就是他成功的秘訣，同時它也適用於任何人。但就我所知，這項忠告並未受到人們的廣泛關注。它之所以未達到應有的效果，可能是由於它的表達似乎顯得有些含糊，而且也不夠明確。一般人都希望自己得到的忠告是簡單易行，而且是很明確的，必須是他用手都可以觸摸到的，這類忠告最好就像汽車駕駛手冊那般精確。

練習使聲音有力而富有彈性

隨著年齡的增長，多數人都會失去幼時的純真和自然，我們會不知不覺地落入某種固定的身體與聲音溝通模式中。我們的說話會越來越無生氣，也越來越不肯用手勢，我們也越來越不善於抑揚頓挫地提高或放低自己的聲音。簡言之，我們已經失去真正交談中具有的那種鮮活與自然。也許久而久之，我們就養成說話太快或太慢的習慣，同時我們在用詞上，若不小心注意，就會變得散亂和疏忽大意。

本書一再告訴你要表現自然，也許你會誤以為我可以寬恕你使用一些拙劣的遣詞造句，或利用單調無聊的表達方式。完全相反！我這裡所說的自然，是說要把自己的意念用全副精神完整地表達出來。還有一點不要忽視，一個好的演講家絕對不會認為自己的詞彙已經用盡，無法擴充，已經無法再使之具有更加豐富的想像，無法找到更完美的表達形式，也無法使其表達的效力再增強一些了。作為一個優秀的演講家，這些正好是你要精益求精地去追求並加以自我砥礪的。

你可以測量自己的音調的變化和速度，可以利用答錄機。此外，請朋友測量也很有用，若是能獲得專家的指點更好。但是你要記住，這些練習還沒有把聽眾包容進來。注意自己在聽眾面前的表達技巧，對於

卡內基
語言的突破。

有效表達自己的意念，應該更為重要。如果你已經站在聽眾面前，就要使自己全心投注於演講中，集中全副精神以對聽眾產生心理與情感上的衝擊，你的表達就會比從書本上得到的更為強勁，更加有力。

讓你的演講更自然

演講要自然，就是使你的演講更為清楚，也更為生動。

事實上，這些不神秘，當你與人交談時，你實際上已經使用這些原則中的絕大多數，而且你也許也沒有感覺到你曾經使用它們，就如同你將晚餐進食的食物消化掉那般自然。嗨，這正是你使用這些原則所要採用的方法，並且也是唯一的方法。在演講方面，想要達到這種境界，事實上除了練習別無他法，這一點我們在之前也多次提到，具體建議如下：

對重要的要點不斷重複，將不重要的部分跳過去

在日常談話中，我們應將一些重要的字加強語氣，對其他的字則匆匆跳過去。對整個句子的處理也是這個方法，就可以將一些重要的字、詞、句突顯出來。

請讓我舉一個例子，朗讀拿破崙將軍所說的這段話，引號中的詞讀重一點，其他的詞迅速念過去。你

感覺一下效果如何？

我只要是決定去從事的工作都可以「成功」，因為我已經「下定決心」。我不會「猶豫不決」，因此可以超越世界上其他的人。

這不是朗讀這段話的唯一方法，換一位演講者也許會念得跟你不一樣。如何強調語氣，沒有一定的成規，要視情況而定。

以熱情的態度大聲念以下這首詩，試著使詩中的含義明確表達出來，並且要具有說服力。看看你自己是否會對那些重要的詞句加以強調，同時將一些不重要的詞句快速念過去？

如果你認為你已經被打敗，你已經被打敗了。
如果你認為你未被打敗，你就不會失敗。
如果你希望勝利，卻又認為勝不了，
可以肯定，你一定不會取得勝利。

在生活中，不一定是強壯或速度快的人獲勝，最後獲勝的一定是那些認為自己可以獲得勝利的人。

在一個人的個性中，也許沒有比堅定的決心更為重要的。若想將來成為一名偉大的人物，或是打算日後出人頭地，你必須下定決心。

不僅要排除成百上千道障礙，而且要在歷經上千次挫折與失敗之後，仍能堅信自己必勝。——羅斯福

改變你的聲調

當我們在與人交談時，聲音往往從高到低，並且這種高高低低的狀態會不斷重複下去，就像大海的表面一般起伏不定。這是為什麼？恐怕沒有人知道，而且也沒有人對此表示關心。但這種方式令人感覺愉快，而且也是一種很自然的方式。我們永遠不必去學習，就會這樣表達。我們從孩提時代起就已經會這樣起伏著說話了，我們用不著去追求，就這樣不知不覺地學會了。但是，如果要我們站起來面對觀眾，我們的聲音卻一剎那會變得枯燥、平淡而且單調乏味，就如同內華達州的沙漠一般。你若發現自己正以一種單調的聲音——通常是又高又尖的聲音——發言時，不妨停下來休息一下，對自己說：「我現在說話的樣子就像木頭雕成的印第安人。對台下的這些人說話要有人情味，要自然一點。」

已經到了如此窘迫的情景還對自己說這些話是否有任何幫助？可能有一點。至少稍微停頓一下，會對你有所幫助。但是你平時必須多加練習，以研究出自己的解決之道。

你可以將你挑選出的任何句子或單字突顯出來，就讓它們像你門前院子裡的那棵青綠的月桂樹那般突出。你只要在說到這些突顯的句子時突然提高或降低聲調，就可以達到這個目標。紐約布魯克林著名的公

理教會牧師卡德曼博士就經常這樣做，奧立佛・羅基爵士、布里安及羅斯福等人也經常這樣做。幾乎每位著名的演講家都會這樣做——這是演講中一條千古不變的法則。

以下列出三段名人語錄，你可以試著念一遍，但是在念到引號內的字時，要把聲音降得特別低。看看效果如何？

我只有一項長處，那就是「永遠不絕望」。——福煦元帥

教育的最大目標不是知識，而是「行動」。——史賓塞

我已經活了八十六歲，我曾經看到人們登上成功之巔，這些人達幾百人之多，他們獲得成功的重要因素很多，「但最重要的就是信心」。——吉本斯主教

變化說話的速度

小孩子說話的時候，或是我們平常與人交談時，總是不停地變換我們說話的速度。這種方式令人聽了很愉快，很自然，不會令人有奇怪的感覺，而且具有強調的作用。事實上，這正是把某項要點突顯地強調出來的最好方法。

沃特・史蒂文斯在他的《記者眼中的林肯》一書中告訴我們，以上所說的這種方法也就是林肯在強調某個要點時最喜歡用的方法之一：

他會以很快的速度說出幾個字，當說到他希望強調的那個單字或句子時，他會讓他的聲音拖長，並一字一句說得很重，然後就像閃電一般，迅速把句子說完……對於他所要強調的單字或句子，他會把時間盡量拖長，說這一句話的時間幾乎和他在說其餘五六句不重要句子的時間一樣長。

用這種方法演講必然會引起聽者的注意。再舉一個例子來說明：我經常在演講的時候，引述一段吉本斯主教的談話。我希望在引述時能強調語氣，所以我在談到那些重要的字時，總是盡量把聲音拖長，還特別把它們提出來加以強調，就如同我本人也深受它們感動一般——而且我確實也深受感動。請你不妨大聲念一遍，試試這種方法，看看效果如何。

再試試以下這個實驗：很快說出三千萬美元，口氣要顯得平淡，這樣讓人聽起來就像這只是一筆數目很小的錢。接著，再說一遍三萬美元，速度要慢，而且要充滿沉重的感覺，彷彿你對這筆金額龐大的錢感到印象極為深刻一般。這樣聽起來，是不是覺得三萬美元反而比三千萬美元更多？

在要點前後停頓一下

林肯經常在談話途中停頓一下。當他說到一項他認為的重點，而且也希望他的聽眾可以在腦海中留下極為深刻的印象時，他會傾身向前，直接對視著對方的眼睛，長達一分鐘之久，但卻一句話也不說。這種突如其來的沉默，具有與突然而來的嘈雜聲相同的效果，即它可以吸引人們的注意力。這樣做，會使得每個人提高注意力，變得警覺起來，並注意傾聽對方下一句會說什麼。

例如，在林肯與道格拉斯那場著名的辯論快接近尾聲之際，所有跡象都顯示他已經失敗，他為此而感到很沮喪，他那種痛苦的神態侵蝕著他，這反而為他的演講詞增添了許多悲壯感人的氣氛。在他的最後一次演講中，他突然停頓下來，默默站了一分鐘，望著他面前那些半是朋友半是旁觀者的聽眾的臉孔，他那深陷下去的憂鬱的眼睛跟平常一樣，似乎滿含著未曾流下來的眼淚。他把自己的雙手緊緊並在一起，彷彿它們已經太疲累了，無法應付這場無助的戰鬥，然後他以自己獨特的單調聲音說：「朋友們，不管是道格拉斯法官或我自己被選入美國參議院，那是無關緊要的，一點關係也沒有；但是我們今天向你提出的這個重大的問題才是最重要的，勝過任何個人的利益和任何個人的政治前途。朋友們，」說到這裡，他又停了下來，聽眾們屏息以待，唯恐漏掉了一個字，「即使在道格拉斯法官和我自己的那根可憐、脆弱、無用的舌頭已經安息在墳墓中時，這個問題仍將繼續存在、呼吸及燃燒。」

替他寫傳記的一位作者指出：「這些簡單的話，以及他當時的演講態度，深深打動每個人的內心。」

林肯在說完他要強調的話之後，經常會停頓一下。他以保持沉默的方式來增強這些話的力量，同時也使它們的含義進入聽者的內心，對對方產生巨大影響。

以下這段是從荷曼的《生動活潑的談話》一書中摘錄出來的，我已經註明應該在哪裡停頓。我不是說，我註明的這些地方是演講者應該停頓的唯一地方，或者說是停頓的最佳地方。我只是說，這是停頓的方式之一。應該在什麼地方停頓，不是一成不變的，應該視其意義、氣氛及感覺來確定。你今天演講時在某個地方停頓了，但當你明天再做相同的演講時，可能就要在另一個地方停頓。

先把以下這段話大聲念一遍，不要停頓。然後再念一遍，在我註明的地方停頓一下。看一看，停頓到底有什麼效果？

銷售貨品是一場戰鬥？（停頓，讓「戰鬥」這個念頭深入聽眾腦海中），只有戰鬥者才能獲勝。（停頓，讓這一點深入聽眾腦海中）我們也許不喜歡這種情況，但是我們無力創造它們，又無法改變它們。（停頓）當你踏入銷售界時，要鼓起你的勇氣。（停頓）如果你不這樣做，（停頓，把懸疑的氣氛拉長一秒鐘）每次你出擊時，都將被三振出局，除了一連串的零分，什麼分數也得不到。（停頓）對投手心存恐懼的打擊者，永遠到不了三壘。（停頓，讓你的說詞深入聽眾心中）這一點，要確實記住。（停頓，讓它更深入一層）可以把球擊得很遠，甚至讓球飛過網，造成全壘打的人，通常是這樣的球員——他在踏上打擊位置時，（停頓，把懸疑的時間拉長一點，使大家聚精會神地聆聽你將如何介紹這位傑出的打手）心中已經堅強地下定決心。

把以下幾段名人語錄大聲而有力地念一遍。注意你在什麼地方會很自然地停頓下來。

美國大沙漠不位於愛達荷、新墨西哥或亞利桑那，而是位於普通人的帽子底下。美國大沙漠是一種心理上的大沙漠，而不是實質的大沙漠。——I・S・克洛斯

世界上沒有治療百病的靈丹妙藥，它們只是與廣告詞略微接近而已。——福士威爾教授

我必須對兩個人特別好——上帝和加菲爾德。我此生必須與加菲爾德共同生活，死後則和上帝在一起。——詹姆斯・加菲爾德

一個演講者如果遵循我在本章中提出的這些指導，他的演講很可能仍會有一百個缺點。他的演講如果和他平常與人談話時完全一樣，他的聲音可能令人聽了不舒服，而且還犯有文法上的錯誤，態度粗魯無禮。

此外，可能還有些令人不愉快的舉動。一個人日常生活中的無拘束談話，可能本身也需要進行很多的改善。因此，先使你的日常談話達到完美自然的境界，然後把這個方法帶到講台上。

台風與個性

台風與個性是決定演講成敗的重要因素。唯有自然、真誠，才能贏得聽眾信任。有一次，卡內基技術研究所對一百位著名的商界人士進行智力測驗。這次測驗的內容與戰時對陸軍所進行的測試相似。該研究所最後將測驗結果鄭重對外公布：在一個人事業成功的各種因素中，個性的重要性勝過他智力的高低。

這是一項意義極為重大的結論：對商人而言，極為重要；對教育而言，極為重要；對專業人員而言，十分重要；對演講者而言，更是十分重要。

對於成功的演講來說，除了事前的準備之外，個性可能是最為重要的因素。著名演講家阿爾伯特・哈伯德曾經說：「在演講中，贏取聽眾信任的，是演講的態度，而不是講稿的詞句。」我要對他的這句話略作修正，應該是態度加上觀念。但個性是一種模糊而且難以捉摸的東西，就像紫羅蘭的香氣一般，即使是最能幹的分析家也無法把握。個性是一個人的全部組合：肉體上的、精神上的、心理上的，還包括遺傳、嗜好、傾向、氣質、思想、精力、經驗、訓練，以及全部的生活境況。它就像愛因斯坦的相對論那般複雜，它也同樣幾乎只有極少數人可以理解。

卡內基
語言的突破。

個性是由遺傳和環境決定的，而且極難更改或改進，但是我們可以使之強化到某種程度，使它變得更有力量，更具吸引力。無論如何，我們可以努力對大自然賜給我們的這項奇異的事物做最大的利用。這個目標，對每個人都具有相當的重要性。改善的可能性儘管微乎其微，但是我們仍然可以進行討論及分析。

演講之前要充分休息

如果你希望將自己的特點發揮到極致，必須先要得到充分的休息。

如果你必須在下午四點時向委員會發表一個重要的演講，你就應該吃一頓輕便的午餐，如果可能，還可以小睡一下，以恢復精神。休息正是你所需要的，不管是精神上、肉體上還是神經上都是如此。

法拉的行為習慣就經常讓她的新朋友大吃一驚，因為她經常很早就向他們道晚安，然後上床睡覺，留下他們與她的丈夫繼續談話。她知道她所從事的藝術工作需要有充足的睡眠。

諾蒂卡夫人在她當上歌劇第一女主角後就表示，必須放棄自己所喜愛的一切：社交生活、朋友、誘人的美食。

當你要發表一篇重要的演講時，注意，不可吃得太飽。你演講第一頓的飲食要像一位聖徒那般少。星期日下午五點，亨利・比徹經常只吃一些餅乾，喝一點牛奶，除此之外不會再吃任何東西。

不要忽略衣著與態度

有一次，一位擔任大學校長的心理學家向一大群人發出問卷，詢問衣服對他們產生的影響。結果，被詢問者幾乎一致表示，當他穿戴整齊、全身上下一塵不染時，他們能清楚地知道他穿得很整齊，而且也可以感覺得到，這表示衣服會對他們產生某種影響。

演講者的衣著會對聽眾產生什麼影響？我注意到，如果演講者是一位不修邊幅的男士，穿著寬鬆的褲子、變形的外衣和鞋子，自來水筆和鉛筆露在胸前口袋外面，一張報紙、一隻煙斗或一罐煙草把西裝的外側塞得凸了出來；如果演講者是一位女士，帶著一個樣子醜陋的大手提包，襯裙還露在外面，聽眾對這樣的演講者根本就沒有信心，就如同演講者對自己的外表也沒有信心一般。看了他或她那個蓬亂樣，聽眾豈不是也認為，這位演講者的頭腦一定也是亂七八糟的，就如同他那頭蓬亂的頭髮、未經擦拭的皮鞋，或是脹得鼓鼓的手提包一樣。

幾年前，我曾經替《美國雜誌》撰寫一篇關於紐約一位銀行家的生平故事。我請他的一位朋友說明他成功的原因。他說，這位銀行家成功的最重要因素，在於他迷人的微笑。乍聽之下，這種說法可能顯得有些誇張，但是我相信這是千真萬確的。

其他的人——可能有幾十個甚至幾百個，也許擁有更豐富的經驗，而且也許具備更為優越的財經判斷力，但這位銀行家卻不同，他擁有他們沒有的一種額外資產：最隨和的個性。在這種個性中，他溫暖、受人歡迎的微笑，是其中最大的特色。這種微笑可以使他立即贏取別人的信心，使他立刻獲得別人的好感。只要是與他有過一面之交的人，都願意看到他獲得成功，而且都十分樂意對他表示支持。

中國有一個成語叫「和氣生財」。在觀眾面前展露笑容，豈不是與在櫃檯後面的笑容一樣受人歡迎嗎？談到這裡，想起一件事，有一位學生參加由布魯克林商會主辦的演講訓練班。當他出現在觀眾面前時，全身都散發出一股氣息，彷彿在向台下的人表示他很高興能來到這裡，他很喜歡他即將進行的演講工作。他總是面帶微笑，而且顯得十分樂意地面對著他的聽眾。他的這種情緒很快感染了台下的每位聽眾，人們立即覺得他十分親切，而他也大受歡迎。

與之形成鮮明對照的是，我卻經常看到演講者以一種冷漠、造作的姿態走上講台，以一種很不情願的神態來發表這次演講。等到演講完了，好像完成一件苦差事似的，謝天謝地的。我們這些當觀眾的，也會很快被他的這種情緒所感染，會十分沉重地聽完他的演講。

把聽眾聚集在一起

身為一名演講者，我經常會在下午對稀稀落落分坐在大廳內的一小群聽眾發表演講，或是在晚間對擁擠在一個狹小空間內的一大群人發表演講。在不同時間，聽眾對演講者的反應是不一樣的，晚上聽眾們聽了會開心地哈哈大笑的同一個話題，到了下午卻只能使聽眾們的臉上露出淺淺的微笑；晚上的聽眾會對每個段落報以熱烈的鼓掌，但下午的聽眾們卻毫無反應。

這是因為，當聽眾分散開來時，他們不易受到相互感染。世界上再也沒有比那種場地裡空空的聽眾與聽眾之間空了很多椅子更能澆滅聽眾的熱情了。

亨利・比徹在耶魯大學發表有關講道的演講時說：

人們經常問我：「你是不是認為，對一大群人發表演講，要比向一小群人演講更有意思？」我的回答是否定的。我可以向十二個人發表精彩演講，也可以向一千個人發表同樣精彩的演講，對於前一個群體，只要這十二個人可以圍坐在我的身邊，緊緊地靠在一起，並且彼此可以碰到對方的身體。同樣地，對於後一種情形，如果一千個人分散而坐，每兩個人還相隔四英尺之遠，那也像在一間空無一人的房子裡一般糟糕……把你的聽眾聚集在一起，你只要花一半的精神，就可以令他們大為感動。

當一個人置身於一群聽眾之間時，他很容易有一種失去自我的感覺，因為他是這些聽眾中的一份子，這當然比他單獨一個人時更容易受到影響，他會不由自主地隨大眾的氣氛時而開懷大笑時而熱烈鼓掌。但如果他只是聽你演講的五六個聽眾中的一個，雖然你對他說的仍然是同一內容，由於氣氛太冷清，他會對之無動於衷。

當人們成為一個整體時，你很容易使他們發生反應。

群眾！群眾！群眾！他們是一種很奇特的現象。所有規模龐大的運動及社會改革，都是經由群眾的呼應而推展開來的。關於這個題材，我的藏書裡有一本極為有趣的著作對此做了極為精彩的論述，這本書就是由艾佛特・狄恩・馬丁所寫的《群眾行為》。

如果我們要向一小群人發表演講，就應該去找一個小房間。把聽眾塞進一個狹小的空間，好過讓他們分散在寬廣的大廳裡。如果你的聽眾坐得很分散，就請他們移到前排，坐在靠近你的位子上。你一定要讓他們移過來以後，再展開你的演講。

除非聽眾相當多，而且確實需要演講者站到講台上，否則不要這樣做。你可以下台去和他們站在同一高度，站在他們身邊，這樣可以不拘形式，與聽眾們親切地打成一片，使你的演講和日常談話一樣。

注意演講場所的環境

過去十四年來，詹姆斯・龐德少校曾經擔任亨利・比徹的經理，為此他不得不一直穿梭於美國及加拿大各地。當時，這位著名的布魯克林傳道師廣受人們的歡迎。龐德經常在信徒來臨之前，先去察看比徹將要前往傳道的地點，並且認真地檢查燈光、座位、溫度及通風情況。龐德是一位喜歡大吼大叫的退伍陸軍軍官，他很喜歡運用權威。因此，如果一處傳道場所太熱，空氣不流通，而他又打不開窗子，他會拿起書本對著窗戶丟過去，把窗戶的玻璃砸得粉碎。他深信：「對於一位傳道者來說，僅次於上帝恩典的最佳事物就是氧氣。」

燈光是影響演講成功與否的另一要素。除非你是在一群人面前表演招靈術，否則，應盡可能讓房間裡的光線保持充足。要在一個像熱水瓶內部那樣半明不亮的房間裡激發起聽眾的熱烈情緒，就如同想要馴服野鶴鶉那般困難。

如果你看過名製片家彼拉斯科有關舞台製作的著作，你將會發現，一般演講者對於適中燈光的重要性的觀點可以說是一絲一毫也沒有。

讓燈光照在你的臉上。人們希望看清楚你的面容。在你五官上所產生的那種微妙變化，是自我表現的一部分，而且是最為真實的一部分。有時候，這種外觀表現更甚於你的言語表達。如果你站在燈光的正下方，你的面孔上可能會有陰影；如果你站在燈光的正前方，你的臉上一定也會有陰影。因此，在你站起來演講之前，先選定一個光線最佳的地點，這豈不是一種很聰明的行動嗎？

千萬不要躲在桌子後面。聽眾希望看到演講者的全部面貌。你是否發現，有些人為了打量你，他們甚至會從座位上探出頭來，以把演講者的整個人看清楚。

一些好意的演講組織者一定會替你預備一張桌子，一個水壺和一個杯子。實際上，如果你的喉嚨很乾，可以考慮含一點鹽在口裡，或嘗一點檸檬，它們會使你的唾液再度流出來，而且流得比尼加拉大瀑布還要多。

你不能將水壺或杯子和一般講台上放置的那些毫無用處且又難看的廢物堆在你的講台上。

你一定要把沒用的東西全部清除掉。

亨利・比徹說：「演講中最重要的東西，就是人。」

因此，你一定要讓演講者在整個會場突顯出來，要像少女峰白雪覆蓋的峰頂與瑞士的蔚藍天空相互輝映那般突出。

有一次，我在加拿大安大略省的蘭登市，正好碰上加拿大總理在當地演講。在他演講時，卻有一名工友拿著一根長木棒從這個窗戶走到另一個窗戶，在一一調整窗子的開合。結果發生什麼事？聽眾幾乎一致地暫時忘記了台上的演講者，轉而去看那位工友，彷彿他正在表演什麼魔術似的。

不管是聽眾或觀眾，他們都無法抵抗——或許應該說他們不願意抗拒——向移動物體望去的誘惑。演講者只要可以記住這個真理，就可以使自己免於一些困擾及不必要的煩惱。

第一，他應該克制自己，不要擺弄自己的手指、撥動衣服或是做一些能減少別人對他的注意力的一些緊張的小動作。

第二，如果可能，演講組織者應該把聽眾的座位做適當的安排，使他們不會看到遲到的聽眾進來，如此可以防止他們分散注意力。

第三，演講者不應該安排貴賓坐在講台上。幾年前，雷蒙・羅賓斯在布魯克林發表許多演講。他邀請我和其他貴賓一起坐在講台上，我予以了拒絕。理由是，這樣做對演講者不好。第一天晚上，我注意到很多位貴賓移動身子，以及把一條大腿放到另一條大腿上，然後又放下來……每次，他們之中只要有任何一個人稍微移動一下，聽眾就會把眼光從演講者身上移到這位賓客身上。第二天，我把這種情形告訴羅賓斯先生，請他注意。於是，在以後的幾個晚上，他很聰明地單獨一個人站在講台上。

保持良好的姿態

演講者在演講之前，不要坐著面對聽眾，你應以嶄新的姿態到達會場，這豈不是比聽眾在你還沒有演講之前就看到你的尊容更好一點嗎？

但是，如果我們必須先坐下來，也要十分注意我們的坐姿。你一定看過別人四處張望找位置的情形，是否很像一頭獵犬在找一處可以讓牠躺下來過夜的地方？他們先是到處張望著，當他們真的找到一張椅子時，就加快腳步跑上前去，然後就像放置一個大沙袋一樣把自己的身體猛地放在了椅子上。

懂得如何坐的藝術的人，他一般先用腳背碰一下椅子，並使自己在內心的完全控制下，讓整個身子從頭部到臀部都保持輕鬆的直立姿勢，然後緩緩坐下去。

當你準備站起來向聽眾發表演講時，急急忙忙地開口是業餘演講家的通病。你應先深深吸一口氣，對著你的聽眾望大約一分鐘的時間，如果聽眾席上還有嘈雜聲或騷動，停下來，等到一切平靜為止。

挺起你的胸膛，這種姿勢有助於你自信的表達，讓聽眾從你這裡感受到一種力量。這種行為不表示當你站在聽眾面前的霎時就可以筆直的站立，你必須每天都這樣練習，只有這樣，當你站在聽眾面前時，你才會很自然地挺起胸膛。

盧瑟・克里克在他的《有效率的生活》一書中說：「在每十個人之中，我們也找不出一個可以使自己保持最佳姿態的人……你一定要使頸部緊緊貼住衣領。」他建議人們每天從事下述這種練習：緩慢地吸氣，但要盡量用力。與此同時，把頸部緊緊貼住衣領。即使這套動作很誇張，也對你只會有益而無害。這樣做的目的是為了使介於兩肩之中的背部可以挺直，同時也會使胸部加厚。

你的雙手如果可以將它們很自然地下垂於身體兩側，那就最理想了。如果你感到它們就像一大串香蕉似的，千萬不要以為沒有人會去注意它們，或是沒有人對它們感興趣。最好是讓它們輕鬆地下垂於你身體的兩側，這樣才不會引起人們的注意。即使是最吹毛求疵的人也無法批評你的這種姿勢。當然，如果需要，你還可以自然地打出各種強調性的手勢。但是，假如你很緊張，而且你發現，把它們放在你背後、插入口袋中，或是放在講桌上，可以使你減少緊張的情緒，你應該怎麼辦？運用你的常識去判斷。我曾經聆聽過我們這個時代許多著名演講家發表的演講。他們之中的許多人在演講時，會偶爾把手插入口袋中。布萊恩曾這樣，德普也曾這樣做過，羅斯福總統也會這樣做。即使像英國政治家迪斯雷利這樣注重儀態的紳士，有時候也會向這種誘惑投降。但是，天不會塌下來，而且根據氣象預報，如果我的記憶正確，明天早上，太陽仍會準時升上來。如果一個人準備演講的內容是有價值的，而且他也能很有說服力地說出來，他究竟如何處理他的雙手或雙腳，當然是小事一樁。只要他的頭腦充實，心中熱情澎湃，這些次要的細節大多是可以自行解決的。畢竟，發表演講最重要的部分是內容，而不是手或腳的姿勢問題。

這會很自然地引領我們去注意到經常被濫用的姿勢問題。我所上的第一堂演講課談到的主題就是姿勢問題。遺憾的是，對我來說，這堂課不僅毫無用處，而且觀念錯誤，絕對有害。老師教導我說，我應該讓我的手臂鬆弛地下垂於我的身體兩側，手掌心向後，手指半彎曲，拇指與我的大腿接觸。他還訓練我要以優雅的曲線舉起我的手臂，手腕以古典方式轉一圈，然後先把食指伸開，接著是中指、小指。等到這堂具有美學及裝飾性的訓導進行完畢後，還要求我的手臂再循著同樣優雅但不自然的曲線放下來，還要再度貼住大腿外側。整個表演極其呆板，而且十分造作，完全不合情理，也非常不真實。十分可笑的是，在他內心深處還覺得他所教的這套是別處學不到的。

然而，他沒有教我應該創造出一套獨特的動作，沒有鼓勵我培養起做出手勢的感覺，沒有要我在這樣做的過程中注入生命的活力，使它顯得自然，也沒有要求我放鬆心情，學會自動自發，突破我保守的外殼，像一個正常人一樣談話及行動。整個表演令人感到十分遺憾，就像一架打字機一樣，也像去年已築的鳥巢般毫無生氣，更像電視鬧劇那般荒唐不堪。

如此荒謬的言談，竟然到了二十世紀還可以聽到，實在令人難以相信。就在幾年前，我的書架上曾經擺放一本有關演講姿勢的書——整本書的內容都在企圖使人成為機械。它竟然告訴讀者，在講到這個句子時該做出什麼手勢，講到那個句子時又該做出什麼手勢，哪種情形要用一隻手，哪種情形要用雙手，哪種情形要把手舉高，哪一種要舉到中等高度，哪一種要放低，如何把這根手指彎起來，以及怎樣彎起那根手指。有一次，我看到有二十個同學站在一班同學的面前，同時念著從這本書中摘錄出來的相同句子，並且在完全相同的句子上做出完全相同的手勢，這個場景使人感到非常荒謬可笑、造作、浪費時間、機械化，而且有害健康。這種機械化的演講觀念，已經使許多人對演講教學產生極為惡劣的印象。麻塞諸塞州一所規模很大的學院的院長最近說，他的學校不開班教授演講，因為他一直未看到任何一種實用而且能教學生合情合理發表演講的教學方法。我百分之百同意這位院長的看法。

有關演講姿勢的所有著作，十分之九都是廢紙一堆，它們不只是浪費了好紙張及好油墨，而且讓學生從這些書上學來的任何姿勢，很可能都是一大浪費。想要學會有用的姿勢，只能自己去揣摩，從自己的內心，從自己的思想，從你自己對這個方面的興趣中培養。唯一有價值的手勢就是你天生就會的那一種。一盎司的本能比一噸的規則更有價值。

手勢與晚宴服這種可以隨意穿上或脫下的東西完全不同。後者只是一個人的一種外在表現，如同親吻、腹痛、大笑及暈船一般。一個人的手勢，就如同他的牙刷，應該是專屬於他個人使用的東西。而且，誠如每個人特點各異一般，只要他們順其自然，每個人的手勢也應該都各不相同。

不應該把兩個特點各異的人訓練成手勢完全相同的人。你們可以想像，如果個子修長、動作笨拙、思想緩慢的林肯，和說話很快、個性急躁、溫文爾雅的道格拉斯使用完全相同的手勢，那將是多麼荒謬！

曾經與林肯共同執行法律業務並且替他撰寫傳記的賀恩登說：「林肯用手做手勢的次數，不如他用腦袋做姿勢那般多。他經常使用腦部，也就是在加強部分，他會用力甩動頭部。當他企圖強調他的某種說法時，這種動作尤其有意義。有時候這個動作會猛然頓住，彷彿將火花飛濺到易燃物上一樣。他從來不像其他的演講者那般猛揮手勢，好像要把空氣及空間切成碎片一樣。他從來不採取具有舞台效果的行動……隨著演講過程的進行，他的動作會越來越自由而且安然自在，最後達到優美的程度。他擁有完全的自然感，強烈的特點，因此他也就顯得富有尊嚴且十分高貴。他看不起虛榮、炫耀、造作與偽善……當他把見解散播於聽眾的腦海中時，他右手的瘦長手指則蘊含著一個極有意義又特加強調的世界。有時候，為了表示喜悅與歡樂，他會高舉雙手，大約為五十度的角度，手掌向上，彷彿渴望擁抱他所喜愛的那種精神。如果他所要表現的是厭惡的情緒——例如，譴責奴隸制度——他會高舉雙臂，握緊雙拳，在空中揮舞，表現出真正崇高的憎惡感。這是他最有效果的手勢之一，表現了他的一種最生動的堅定決心，顯示他決定把他痛恨的東西接下來，丟在灰塵中予以踐踏。他總是站得中規中矩，兩腳的腳指頭踏在同一條線上；也就是說，他絕對不會把某隻腳放在另一腳之前。他絕對不會扶住或靠在任何東西上支撐身體。在整個演講過程中，他只對他的姿勢與態度做少許的變化。他絕對不會狂喊亂叫，也不會在講台上來回走動。為了使他的雙臂可以輕鬆一點，他有時會用左手抓住外衣的衣領，拇指向上，剩下的右手可自由地做出各種手勢。」

著名雕塑家聖高登斯曾經把他這種姿態雕成雕像，矗立在芝加哥的林肯公園。

羅斯福比林肯更有活力、更激昂、更積極。他的臉孔因為充滿各種表情而顯得生氣蓬勃。他握緊拳頭，整個身體成為他表達感情的工具。政治家布萊思在演講時經常伸出一隻手，手掌張開。格雷斯通經常用手掌拍擊桌子，或是用腳踩地板，發出很大的聲響。羅斯伯利習慣高舉右臂，然後以無盡的力量猛然往下一甩。當然，這種力量不是每個人身上都具備的，只有演講者的思想與信念具有相當的力量才可以做到。只有這樣，才可以使演講者的姿勢強而有力，顯得自然。

自然而充滿活力，它們是行動的至善表現。英國政治家伯克的手勢非常笨拙，而且極不自然。英國名演講家庇特，用手在空中亂舞，「像一個笨拙的小丑」。亨利・凱爾文爵士跛著腳，行動怪異。麥考雷爵士在講台上的行為，令人不敢恭維。葛拉登是一樣的。巴尼爾也是一樣。已故的庫松爵士在劍橋大學說：「答案顯然在於：偉大的演講家有他們自己獨特的手勢。雖然偉大的演講家一定要有漂亮的外形及優雅的姿態，但如果演講者不巧生得很醜，行動又笨拙，也沒有太大的關係。」

許多年以前，我聽過著名的吉普西・史密斯的傳道。他的演講曾經使好幾千人信了耶穌，我對他的精彩演講極為佩服。他也使用手勢——而且用得相當多——但不致令人覺得有任何不自然的地方。這才是最理想的方式。只要你能練習及運用這些原則，你將發現，你自己也是以這樣的方式來做出你的手勢的。我無法替你舉出任何姿勢的法則，因為一切決定於演講者的氣質，決定於他準備的情形，他的熱誠，他的個性，演講者的主題、聽眾，以及會場的情況。

但是，我這裡仍有有限的幾條建議，可能對你也有些用處。不要重複使用一種手勢，否則會令人產生枯燥、單調的感覺；不要使用肘部做短而急速的動作；由肩部發出的動作在講台上看來要好得多；手勢不要結束得太快；如果你用食指強調你的想法，一定要在整個句子中維持那個手勢。一般人都會忽略這一點，這是很普通也是很嚴重的錯誤。這種錯誤會削弱你所強調的內容，相比之下，一些不重要的事情反而會變得彷彿很重要，使真正的要點顯得不重要。

當你在聽眾面前進行演講時，只做出那些自然發出的手勢。當你在練習時，如果必要，應強迫你自己做出手勢。因為在台下，當你強迫自己這樣做時，會顯得十分清醒而刺激，不久，你的手勢將會自然而然地流露出來。

把書本合上，你無法從書本上學會手勢。當你演講時，你自己的衝動和欲望才是最值得你信任的，比任何教授所能告訴你的任何指示都更有價值。

如果你忘記我們對手勢所做的一切說明，你又將上台演講，請記住一點：如果一個人如此專心於思考他所要說的內容，並且如此急於把他的意見表達出來，以至於他忘掉了自己的存在，談話及舉止皆出於自然，他的手勢及表達方式將不會受人批評。如果你對此有所懷疑，你可以走向某人，一拳將他打倒。你將會發現，那個人站起來之後，他將會向你說出一段幾乎無懈可擊的完美談話。

以下三句話是對演講時台風的最好說明：

卡內基
語言的突破。

（一）裝滿桶。

（二）敲掉塞子。

（三）讓自然跳躍。

第五章

有效說話的挑戰

The Quick and Easy Way to Effective Speaking

Carnegie

介紹演講者、頒獎與領獎

當你應邀當眾講話時，你可以推介另一個人為自己做一個開場白，以對當天的演講作一個說明，或是說一些輕鬆的話以活躍氣氛。本章主要是協助你如何準備介紹辭，同時也針對頒獎辭和領獎辭的表達提供一些有用的建議。

約翰・馬森・布朗是一名作家兼演講家。他活潑生動的演講在全國各地贏得無數聽眾。一天晚上，他在和即將把他介紹給聽眾的那個人講話。

「不要擔心要說什麼，」那個人對布朗說，「放輕鬆點，我才不相信演講還要準備！哼，準備有啥用，它會破壞整件事的美感，也壞了興頭。在這種場合，我只是等著站起來時的靈感來找我。我這樣做，還從來沒有閃失！」

這些殷切盼望的話不禁使布朗期待著他會對自己作一番好的介紹，以有利於演講的氣氛，但是豈料，這個人站起來之後的講話卻完全出乎意料，根據布朗在他的一本書裡的回憶：

各位先生，請注意好嗎？今天晚上，有一個壞消息告訴你們，我們本來想請以撒・F・馬克松先生為各位演講，遺憾的是，他不能來，他病了。（鼓掌）接著我們又想請參議員柏萊特基來為你們講話……可是他卻太忙了。（鼓掌）最後我們想請堪薩斯城的洛伊德・葛羅根博士前來對各位講話，也不成。所以我們只好由約翰・馬森・布朗來替代。（鴉雀無聲）

布朗先生回想起這場幾近陷入災禍的演講時，只說了一句：「我的這位朋友，那位靈感家，總算說對了我的名字。」

你當然看得出，那個如此確信自己的靈感可以應付一切的人，就算他原本有意這樣做，也不會比他現在搞得更糟了。他的介紹有違他對他要介紹的演講人的職責，也有愧於他對聽眾要盡的職責。其實他要承擔的職責不多，卻很重要。使人驚訝的是，許多節目主持人都不明白這一點。

介紹辭具有與交際介紹一樣的作用。它使演講人和聽眾相會在一起，為他們釀造一種友好的氣氛，並且在他們之間建立興趣的橋樑。也許有人說，作為介紹人，「你不必說什麼話，只要介紹演講人即可。」如果這樣認為，你可就把事情看得太簡單了。沒有哪一種因素會比介紹辭對演講造成更大的人為的破壞。一些人的介紹辭之所以會對演講造成如此大的傷害，可能就是因為許多準備作介紹辭的主持人太看輕了它的功效的緣故。

以下是一些建議，可以幫助你準備一套組織完備的介紹辭。

認真準備自己要說的話

介紹辭雖然簡短，一般都不超過一分鐘，但必須認真準備。首先，要搜集材料，主要包括三個方面：演講的題目、被介紹人講這個題目的資質，以及被介紹人的名字。有時也會出現第四項，即為什麼會選這樣一個演講的題目，也就是說，這個題目為何會引起聽眾特別的興趣。

作為介紹者，你一定要確知正確的講題，並透徹瞭解演講者將如何對演講的題目進行發揮。假使須仰賴第三者，比如說節目主持人，應該設法從他那裡獲得書面資料，並且於會議前向演講人查證。

但是，或許大多數的準備都被用於獲取演講人的資格資料方面。在某些情況下，如若你的演講人聞名全國或名噪一方，你就可以從《世界名人錄》或類似書籍中獲知準確資料。如若他是一個地方性的人物，則可求助於他所在的公共關係或人事部門。你也可以去拜訪他的親密朋友或家人，以核實資料。最主要的，就是要瞭解對方的傳記資料。當你認真作這些準備時，那些接近演講者的人會樂於提供材料的。

最重要的是，要確定演講人的名字，並且立刻使自己熟悉其準確的發音。約翰・馬森・布朗說，有些介紹人曾經將他介紹為約翰・布朗・馬森，甚至約翰・史密斯・馬森！加拿大著名幽默家史蒂芬・李科克在他那篇輕快的散文《今天晚上我們相聚》中談及人家對他的介紹辭：

我們都以無比興奮的心情期待著李洛德先生的光臨。我們已經透過他的著作與之相識，並且似乎成為老朋友。當我告訴李洛德先生，他的大名在本城早已家喻戶曉，我這樣說不誇張。本人感到非常非常的榮幸，能向各位介紹——李洛德先生。

搜尋資料的主要目的是為了使介紹更為明確，因為介紹辭必須明確才能達到目的——以提高聽眾的注意力，並且從內心接納演講人的演講。那些準備不足的主持人，經常會吐出像以下這樣含混而令人昏昏欲睡的話：

> 我們的演講者聞名遐邇，被一致認為是所演講的題目的權威。我們非常想聆聽他對此領域的高見，因為他來自一個——一個遙遠的地方。本人感到極大的榮幸，向各位介紹他，現在讓我們看看，——噢，在這裡，——空白先生。

稍稍花一點時間準備，我們就可以避免對演講者和聽眾造成如此惡劣的印象。

「題目—重要性—演講者」公式

對大多數的介紹辭而言，題目—重要性—演講者這個公式是一個近便的指引，可以幫助你組織所搜集的研究資料：

題目。宣布演講者的正確講題，然後展開介紹。

重要性。在這個階段裡，要在題目和聽眾的特殊興趣之間架起一座橋樑。

演講者。列出演講者的傑出資歷，尤其是與他的題目有關的，然後明確而清楚地宣布他的姓名。

以上這個公式有許多可供你施展想像力之處，但要注意的是，介紹辭切莫被削減得枯燥無味。舉一例，以說明一個高明的介紹人，他既能依照該公式而行，卻又不露出公式的痕跡。此介紹辭是紐約市一位編輯荷姆．桑提供的，這篇介紹辭被用於向一群新聞記者介紹紐約電話公司的主管喬治．韋伯姆：

我們演講人的題目是「電話如何為你服務」。

對我而言，這個世界有很多令我感到神秘的東西，如愛情，如賭馬人的執著……其中之一，則是打電話時所發生的奇妙事情。

你的電話號碼怎會接錯？為何有時你從紐約打電話至芝加哥，反比從家裡打至山那頭的另一城鎮來得快？我們的演講人不僅知道這些問題的答案，而且還知道其他一切有關電話問題的答案。二十年來，他的工作一直是：將有關電話的各種詳細資料整理分類，使這個事業為外人所明瞭。他是一位電話公司的主管，因為勤奮工作而獲此職銜。

現在他要告訴我們，他的公司為我們服務的方法。如果各位對今日的電話服務滿意，請視他為施恩的聖者。倘若各位最近深為電話所擾，請讓他做答辯的發言人。

各位先生，各位女士，今天給各位演講的，就是紐約電話公司的副總裁，喬治・韋伯姆先生。

請看，這位主持人的介紹是多麼靈巧地使聽眾想起電話。他先是提出問題以激起聽眾的好奇，然後指出演講者可以回答哪些問題，以及聽眾可能提出的問題。

我不相信這番介紹辭曾經預先寫下並且在台下背誦過，因為就算是寫在紙上，讀起來仍會如會話般明暢自然。介紹辭不宜事前記誦。一次，克妮莉亞・斯金納讓一位晚會主席介紹她的時候，這位主席一時忘記背好的介紹辭。她只好深深吸了一口氣，然後說：「由於伯德上將索價過高，我們今天晚上請來的是，克妮莉亞・斯金納。」

介紹辭應該真誠自然，彷彿就在臨場脫口而出一樣，切莫僵硬嚴肅。

以上所引韋伯姆先生的介紹辭中，我們就找不到任何一句陳詞濫調。宣布演講人的最佳方法就是直呼他的名字，或是在說完「我介紹」以後，再說出他的姓名。

有些主持人的毛病是說得太長，搞得聽眾煩躁不安。有些人縱情於雄辯的幻想中，想使演講人和聽眾深深記住自己的重要性。還有些人的錯誤，則是喜歡說一些笑話，品味也不怎麼高，或是追求「幽默」，高捧或貶抑演講人的職業。若是有心使自己的介紹發揮效力，以上這些錯誤皆應避免。

這裡另舉一例，它完全遵從「題目—重要性—演講者」的公式，而且在介紹時，自己的個性也隱隱欲出。請諸位特別留意艾格・L・斯納迪如何將該公式的三個階段融合起來，介紹著名的科學教育家兼編輯傑羅德・溫德先生：

我們演講人的題目是：「今日的科學」，這是一個非常嚴肅的命題。它使我想起一則故事。這個故事講述的是，一名精神錯亂的病人幻想自己體內有一隻貓。心理醫師由於提不出反證，只得假裝在為他施行手術。等他從麻醉劑中醒轉過來時，醫師給他看了一隻黑貓，並且告訴他，他的毛病已經治好了。豈料他卻回答：「對不起醫生，一直吵著我的貓是灰色的！」

當今的科學狀況也是這樣，你去抓一隻叫作U-二三五的貓，結果抓來一群小貓，叫作什麼什麼或其他什麼什麼的。這些元素，像芝加哥的今天，都一一給擊敗了。古時的一位煉金家，他可以被稱為第一位核子科學家，在臨終時就苦苦哀求上帝能再寬限一天，讓他可以發現宇宙的秘密後再死也不遲。當今的科學家，卻製造宇宙從來讓人夢想不及的秘密。

我們今天的演講人，瞭解當今科學的實況與將來可能的發展，他曾經是芝加哥大學的化學教授，賓夕法尼亞州立學院院長，俄亥俄州、哥倫比亞的巴德爾工業研究所所長。他曾經以科學家身分任職政府部門，還曾經是一位編輯和作家。他出生於愛荷華州的達文波特，在哈佛大學獲得學位。他在軍工廠中完成訓練，並且曾經遊歷歐洲各地。

我們的演講人還是好幾門科學的教科書的作者和編輯。他最著名的一本書是《明日世界的科學》，是在他擔任紐約「世界博覽會」科學部主任時出版的。他是《時代》《生活》《財富》及《時局》等雜誌的科學顧問，因而他對科學新聞的詮釋廣為大眾所閱讀。我們的演講者所著的《原子時代》於一九四五年問世，正是在原子彈投擲於廣島十天之後。他經常掛在嘴邊的一句話是「最好的終必來到」，確實如此。我要驕傲地向各位介紹，想必各位亦樂於聽到，《科學畫報》的總編輯，傑羅德・溫德博士的高見。

幾年前，在介紹中對演講人大肆吹捧一番還一度成為講壇時尚。主持會議的主席不斷地在演講人身上堆金砌玉，可憐的演講人常被這樣濃烈的諂媚氣味所衝垮。

密蘇里州堪薩斯城的湯姆・柯林斯是一名廣受歡迎的幽默家，有一次，他對《主持人手冊》的作者荷伯・普羅西奧說：「一個演講人若想詼諧幽默一番，卻先對聽眾拍胸說，他們很快就會樂不可支，並且在走道上滾來滾去，他就完蛋了。同樣地，當主持人開始咿咿唔唔說什麼威爾・羅傑斯時，你就不如洗手回家，因為你也已經完蛋了。」

從另一方面來說，也不可讚譽不及，史蒂芬・李科克回憶起某位主持人如此結束他的介紹辭：

> 這是今年冬天許多演講中的第一講。上一系列各位都曉得，並不成功。事實上，我們是靠赤字撐到年底的。所以，今年我們開發一批新的演講人，他們的要價不太高。以下容我介紹李科克先生。

對此，李科克淡淡地說：「試想一想，當你只得縮頭縮腦地爬出來面對聽眾時，加上你身上被貼上『低廉人才』的標籤，此時，你心裡是一種什麼樣的感覺！」

要充滿熱誠

介紹演講人時，態度和講辭同樣重要。你應該盡量友善，不必說自己多高興，只要在介紹時表現出真心的愉快即可。若能逐步醞釀，可以在介紹辭快達到高潮時宣布演講人的名字。這個時候，聽眾的期待之情正在隨之增高，他們一定會報以熱烈的掌聲。聽眾的這種友好表示，也有助於刺激演講人全力以赴。

宣布演講者的姓名時，最好記住以下這幾個字：「稍停」、「分隔」和「力量」。

「稍停」的意思是，說出名字之前略為停頓靜默一下，這可以使聽眾的期待達到極限；「分隔」的意思是，在名字和姓氏之間應該稍停一下以示分開，使聽眾對演講人的姓名有清楚的印象；「力量」的意思是，名字應該念得強勁有力。

還有一件事情要注意：當你在宣布演講者的名字時，切勿轉身向他，而應展目望向聽眾，至最後一個音節說出為止，然後才轉向演講人。我曾經目睹無數的主持人，介紹辭說得令人擊節稱賞，卻在結束時功虧一簣，因為他們這個時候轉向演講者，顯得他只是在向他一人宣布他的名字，留給聽眾一片茫然。

要真心誠意

最後，務必要真誠，不可流於貶抑的評論或鄙俗的幽默。不認真的介紹，經常會被某些聽眾誤解。要真心誠意，因為你當時所處的社交氛圍，需要高度的技巧和策略。你可能與演講人甚為熟悉，但聽眾卻不熟悉，你的一些言語雖然沒有惡意，卻可能招致誤解。

認真準備頒獎辭

我們已經證實，人類心靈最深摯的渴望是要求認可——要求榮譽。

這是作家瑪潔麗・威爾遜的一句話，它實在地表達整個宇宙的感覺。我們都期望一生都與人和睦相處，我們都想受人稱讚，得到別人的推介，哪怕僅僅一個字——更不要說在正式場合接受人家頒獎——就可以使精神神奇地亢奮起來。

網球明星愛爾西亞・吉布森，就把這份「人類心靈的渴望」極其適當地用在自傳的書裡。她稱它為「我要做重要人物」。

我們在準備頒獎辭時，是要對接受者重新確證，他真的是一位「重要人物」。他的努力已經成功，他應該得到這份榮譽，我們聚在一起就是為了給他這份光榮。我們的頒獎辭應該簡潔，但是要經過仔細思考，對經常接受榮譽的人而言，這或許意義不大，可是對那些沒有這麼幸運的人來說，它卻可能使他終生難忘。

我們在介紹此類榮譽時，應該慎重地選字用詞。這裡有一套經久不渝的公式：

（一）說明為何頒獎。也許是因為長期的忠誠服務，或是因為贏得競賽，或是因為某個重要成就，只說明這個即可。

（二）敘說得獎人的生活言行，這是聽眾最感興趣的事。

（三）敘說得獎人是多麼值得領獎，以及眾人對他的感情是多麼熱烈。

（四）恭賀得獎人，並且轉達大家對他前途的衷心祝福。

這場演講中最為重要的東西莫過於要真誠，恐怕不待明說，每個人都瞭解這一點。所以，你若被挑選出來發表頒獎辭，你實際上也就像那位接受者一般，獲得一份尊貴的榮耀了，因為你的朋友和同事們知道，可以把這份需要心思與頭腦的任務託付給你，這是大家對你莫大的信任，相信你必不會去犯某些演講家所犯的那種愛誇大其詞的過錯。

切記：這樣的一個時刻，最容易犯的錯誤就是去言過其實地誇大某人的優點。如若確值得頒獎，就應實說，但不宜添油加醋說一些溢美之詞。瞎捧力吹會叫接受者難過，更說服不了心底雪亮的聽眾。

我們也應該避免誇大獎品本身的重要性，不要強調它的實際價值，應該強調贈獎人的友善心境。

在答辭中表達真誠的感情

答辭應該比頒獎辭更短，它不應該是我們曾經記誦的東西，但是心理還是要先有所準備，這樣會有好處。假使事前預知自己要受獎，聽了人家的頒獎辭，應不至於茫然無措，無以作答。

只是含糊地說一些「感謝各位」、「一生中的大日子」，以及「我曾經歷的最美好的事情」等，不能算頂好。這裡，也如頒獎辭一樣，藏著誇張的危險。「最大的日子」以及「最美好的事情」，涵蓋太廣。以中庸溫和的語調來表達自己真心的感激會比較好。以下給你一些建議：

（一）向聽眾真心誠意地說「謝謝各位」。

（二）將功勞歸於曾協助過你的人，你的同事、你的雇主、朋友或家人。

（三）敘說獎品或獎狀對你的意義。若是包起來的，打開它、展示它。告訴聽眾獎品多麼有用，多美麗，以及你將如何使用它。

（四）再度真誠地表示感激，然後就結束。

卡內基
語言的突破。

本章中，我們討論三種特殊形態的演講，在你的工作中，或在你加入某個組織或俱樂部時，都有可能被邀請做其中任何一種演講。

我力勸你在發表這些演講時，仔細遵循這些建議去做，這樣你就會在正確的時刻說正確的話，並為此而感到滿心的舒爽與快慰。

組織比較長的演講

演講是一段有目的的旅程，你必須事先繪好你的行程圖表。一個人如果隨便從某處開始，他通常不會走多遠就在某處止步了。

我希望把拿破崙的一句話漆成一英尺高的火紅色大字，懸掛在地球上所有給學生開有講話課的課堂的門口。**這句話就是：戰爭的藝術是一門科學，未經謀劃與思考，休想成功！**

他講的這個道理同樣適用於演講。所有的演講者是否明白這一點——或是就算明白，是否經常會去行動？未必！許多演講者在做計畫與安排時所花費的時間，不會多於烹煮一碗愛爾蘭燉菜的時間。

初學演講的生手更是很少在事前做計畫。事前的計畫需要花費時間，需要認真的思考，更需要堅強的意志力。用腦思考是一個痛苦的過程。發明大王愛迪生曾經把雷諾德爵士的一段名言抄下來，釘在他工廠的牆上：「成功之道，唯有用心思考，別無捷徑。」

但是，沒有經驗的生手經常乞求一時的靈感，結果發現自己「誤入歧途，路上充滿陷阱與誘惑。」

已故的諾斯克里夫爵士，從一個週薪微薄的職員，經過刻苦努力終於成為大英帝國最富有以及最有影響力的報紙老闆。他說，法國哲學家帕斯卡說過的一句話對他的成功最有幫助，這句話就是：「預先計畫就可以領先。」

當你在計畫進行演講的時候，這句話也是可以放在你桌上的極佳的座右銘。對於演講如何開始一定要事先計畫好，因為這個時候聽眾的腦海裡還是一片空白，可以記住你所說的每個字。對於最後要讓聽眾對你留下什麼樣的印象也要預先計畫好，因為在它之後就再也沒有任何事情來反對他了。

如何安排一套意念最好、最有效的演講方式？在沒有加以研究之前，誰也說不上來。它永遠是一個新問題，是每個演講者應一再自問自答的問題。我們無法對此提出絕對可靠的規則。但是我們仍然可以指出，進行較長的演講有三個階段甚為重要：引起注意、正文的行文和結論。這三個階段均各有其歷久彌新的方法，可以作為參考與發揮。

用開場白引發聽者興趣

我曾經請教前西北大學校長林・哈羅德・胡，諮詢他在漫長的演講經驗中最重要的一件事是什麼？他沉思了片刻，然後回答：「想出一段可以吸引人注意的開場白，可以立即抓住聽眾的注意力。」對於演講的開場白和結束語，他都要事先進行周密的計畫。約翰・布萊特是如此，格雷斯通這麼行事，韋伯斯特是如此，林肯更是如此。幾乎每位具有常識及經驗的演講者都會這樣做。

威爾遜總統就向德國的潛艇戰發出最後通牒這個重大問題向美國國會發表演講時，他只用了短短二十幾個字就明示他的主題，並且立即把聽眾的注意力吸引到這個問題上：

「在我們的外交關係中已經出現一種特別緊迫的情況，使我有職責對各位坦白相告。」

史茲・韋伯向紐約費城協會發表演講時，他在講到第二句時就立即點到他這次演講的核心問題：

「在今日美國人的腦海中，最重要的問題是，目前的經濟衰退有什麼意義？前途又將如何？以我自己而言，我是一名樂觀主義者……」

美國全國收銀機公司的銷售經理也以相同的方式向他手下的銷售人員發表過一番演講。他的引言只有三個句子，而且一聽就懂。它們全部都充滿活力與推動力：

「可以爭取到訂單的諸位，都是使我們的工廠煙囪不斷冒煙的大功臣。在今年夏天已經過去的兩個月中，我們的煙囪所冒出的黑煙還不夠多，因此還無法把大片天空染黑。現在，酷熱的日子已經過去，生意復甦的季節已經來臨，我們要向各位提出一項簡短而迫切的要求——我們需要更多的黑煙。」

如何使聽眾從演講人一開始說話就可以「全心交付」於你，這是所有說服性演講取得成功的重要因素。這裡有一些方法，只要善加運用，可以使開場白非常吸引人。

以事件和事例展開演講

想要讓一般的聽眾長時間地忍受那些抽象式的聲明，是一件很困難且很費力氣的事。相反地，如果你透過舉例說明則很容易讓聽眾聽得下去，這比前者容易得多。既然如此，為什麼不在開頭時就舉例？遺憾的是，我很難說服演講者這樣去做，我知道，而且我還曾經嘗試過。他們總是覺得，他們必須先發表一些一般性的聲明。事實上不見得必須如此。你可以一開頭就舉出一個例子，引起聽眾的興趣，然後再對此展開你的評論。

羅威爾・湯瑪斯是一位舉世聞名的新聞分析家、演講家及電影製片人，在講壇上討論「阿拉伯的勞倫斯」時，他是這樣開始的：

一天，我在耶路撒冷的基督街上踱著步，忽然遇見一名男子，他身著華麗的東方君主袍服，身側掛著一把黃金彎刀，這種刀是只為先知穆罕默德的傳人所佩掛的……

他就這樣啟程了——以自己的經驗作為故事啟程，這就具有吸引人們注意力之處。這種開場方式多半十分靈光，擔保不會使你失敗。而且這種方式內含著行動，它會將你往前推進。我們之所以緊緊相隨，是由於我們已經融入某種情境中，並且已經成為其中的一部分。我們渴望知道將會發生什麼事。

除了利用故事以外，我真不知道還有其他展開演講的方法有如此強的驅策力。

有一個主題是我講過多次的，在做這個演講時，我所用的開場白是這樣的：

「就在我大學剛畢業時的一天晚上，我在南達科他州的費農鎮的一條街上走著，突然見一個人站在一個箱子上頭對著人群講話。我很好奇，所以也加入看熱鬧的人群中。『你可覺察到，』這個人說，『你從未見過一個禿頭的印第安人，或從未見過禿頂的女人，是不是？現在我來告訴你為什麼……』」

你發現這裡沒有停頓，沒有把情況「溫熱」起來的片言隻語。因此，你只要直接朝著事件推進，便可輕易抓住聽眾的心。

演講者以自己的經驗故事開始，必會立於不敗之地，因為它無須搜腸刮肚，也不必利用意念之法。你敘述的是自己的經驗，是你部分生命的再造，是你自身筋脈的一部分。因此，你那自信閒適的神態即能助你與聽眾建立友好的關係。

製造懸念

這裡是威爾・希利先生在賓州費城的一家運動俱樂部展開演講的方法：

八十二年以前，大約是在這個季節，倫敦出版了一本小書，它講述的一段故事，註定了要名垂青史。許多人稱它為「舉世最偉大的一本小書」。當它剛一問世即引起轟動，朋友們在斯特里街或波莫爾街遇上時，總會彼此這樣問，「你讀過它了嗎？」回答竟然如此驚人的一致：「是的，上帝保佑它，我讀過了。」

就在它上市的第一天就賣出一千本，兩個星期之內需求量便達到十五萬本。自那以後，它又曾經無數次地再版，並且翻譯成全球各國文字。數年前，I・P・摩根以極高的價格購得該書的原稿。它現在正與許多無價珍寶一起安憩於他那莊嚴偉岸的藝術館中。這本舉世聞名的書究竟是什麼？

聽至此，難道你還不感興趣嗎？你難道不是急於知道更多的東西？演講者是不是有力地抓住了聽眾的注意力？你是否覺得這段開場白已捕捉住了你的注意力，並隨著情節的進展提高了你的興趣？為什麼？因為它激起了你的好奇，它以製造懸念的方式掌握住了你。

好奇！誰能避免得了它？

儘管你沒有親臨現場，但當你讀到此時，說不定你也在感到好奇。你會問作者是誰？以上所提的是什麼書？為了滿足你的好奇心，就讓我告訴你答案：此書的作者是查理斯・狄更斯，書名是《聖誕歡歌》。

「我曾經在樹林中發現鳥兒在我身邊飛了將近一個小時，牠們純粹是因為好奇而在不斷地觀察我。我知道一位獵人曾經在阿爾卑斯高山上用一條床單將自己圍住，然後在地上爬行。他用這種方法引起羚羊對他的好奇心，進而把這些羚羊吸引到他身邊來。小狗很好奇，小貓也是一樣，包括著名的靈長類在內的所有動物都是如此。」

因此，你的第一個句子就要引起聽眾的好奇心，然後他們就會對你產生興趣並加以注意。

我在講述勞倫斯上校在阿拉伯的冒險事蹟時，就是以這種方式做開場白：一八七一年春天，一位註定要成為聞名全球的醫生——威廉・奧斯勒，拾到一本書，他讀了其中的二十一個字，結果對他的將來產生深遠的影響。

這二十一個字是什麼字？這些字又如何影響他的將來？這些都是聽眾希望得到答案的。

陳述一件驚人的事實

克里夫・亞當斯曾經擔任賓州州立大學婚姻顧問處處長，他在《讀者文摘》發表過一篇題為《如何挑選配偶》的文章。在這篇文章裡，他以一些驚人的事實展開敘述，這些事實會使讀者屏息凝氣，這些事實當然立刻引起你的注意：

卡內基
語言的突破。

今天，年輕人從婚姻中獲得快樂的機會真是微乎其微。我們離婚率的高漲令人觸目驚心。一九四〇年時，五六樁婚姻中有一樁會觸礁，到了一九四〇年之後，我們預計將上升至四：一。如果這種狀況繼續下去，到二十世紀五〇年代就是二：一。

一家重要期刊的創始人邁克魯說：「一篇好的雜誌文章，就是一連串的驚嚇。」

這些文章把我們從白日夢中驚醒。它們要提請我們注意，並且也抓住我們的注意力。以下就是一些例子：

一則是，巴爾的摩的布蘭丁在一篇題為「廣播的奇妙」的演講。開頭說：

「各位可知道，一隻蒼蠅在紐約一個玻璃窗上行走的細微聲音，可以透過無線電傳播到中非，而且還可以使它擴大成像尼加拉大瀑布般驚人的聲響？」

紐約哈里・瓊斯公司總裁哈里・瓊斯先生在一篇「犯罪情勢」的演講中，以下列幾句話作為開場白：

「美國最高法院前任首席法官塔虎脫曾經宣稱：『我們對刑法的管理，是對文明的一種恥辱。』」

他這樣說，有兩個高明之處：這不僅是一段令人感到震驚的開場白，更是從一位司法權威那裡引用過來的一段驚人聲明。

費城樂觀者俱樂部的前任會長保羅・吉本斯，他在演講「罪惡」這個題目時，說出一段令人瞠目結舌的聲明：

美國是人類文明中犯罪最嚴重的國家。這種說法固然令人震驚，但同樣令人震驚的是——這卻是事實——俄亥俄州克里夫蘭的謀殺犯人數是倫敦的六倍。按照人口比例來算，它的搶劫犯人數是倫敦的一百七十倍。每年在克里夫蘭被歹徒搶劫，或企圖搶劫而遭到攻擊的人數，比英格蘭、蘇格蘭和威爾斯等地被搶的人數總和還多。每年在聖路易斯市遭人謀殺的人數，多過英格蘭與威爾斯。

紐約市的謀殺案件數多過法國全國，也超過德國、義大利或英國。這裡面有一項令人感到悲哀的事實：罪犯並未受到懲罰。如果你謀殺了一個人，你因此而被處死的可能性卻不到百分之一。在座的各位都是追求和平的善良公民，但是你們死於癌症的機會，卻是你槍殺了一個人而被絞死的機會的十倍。

這段開場白是成功的，因為吉本斯的言語之間流露出無比的力量與熱誠。他的講辭充滿活力，具有生命力。但是，我也聽過其他學生在演講犯罪問題時以相似的例子來作為開場白，但是他們的開場白卻顯得很平淡。為什麼？空言空語，只是一些空言空語罷了。他們的結構技巧無懈可擊，但是他們的精神卻等於零。他們的態度破壞及削弱了他們所說的一切。

這裡另有幾個例子，也是以「驚人的事件」開頭的：

比如：戰爭部預測，原子戰爭的頭一夜，會有兩千萬美國人遇害。

比如：數年前斯格利・霍華的報紙花費十七萬六千美元做過一項調查，以期發現顧客們對零售商店的什麼地方不喜歡。這是迄今對零售問題所做的最昂貴、最科學化，也是最徹底的調查。調查的問卷送往十六個不同城市的四萬五千零四十七個家庭裡。問題之一是：「你不喜歡本鎮商店的什麼地方？」這個問題的所有答案中，幾乎有五分之二是相同的：無禮的店員！

演講一開始就有驚人之語，其所以能建立與聽眾的溝通，是由於它產生思想震撼。這是一種「震撼技巧」，利用出人意料的方式以收到讓聽眾注意演講題材的效果。

在華府，我們班上有一名學生，就使用這種引發好奇的方法。她的芳名叫美格・希爾。以下是她的開場白：

「有十年的時間，我曾經是一名囚犯。不是在尋常的監獄裡，而是在憂慮自己是其低劣的獄牆和懼怕批評是其獄籬的監獄中。」

你難道不想多知道一些這個真實的故事嗎？

如果想要引起聽眾的興趣，切勿以絮言開始，應從一開始便躍入題目的核心。

法蘭克・貝特格就是這樣做的。他是《我如何在銷售行業中奮起成功》一書的作者，他也是一名懸疑大師，可以在第一句話裡便製造懸念。我之所以知道他，是因為在美國工商會的贊助下，他和我曾經在全美各地做巡迴演講，講說有關銷售的訣竅。他的演講十分「熱心」，開頭的方式更是高妙無比，總讓我由衷地敬佩。一不講道，二不訓話，三不說教，四無概括的言論，他一開口即躍入題目的核心。請聽他在談「熱心」時是如何開始的：

「在我開始成為職業棒球選手後不久，我便遭遇到一生中最令我震驚的一件事情。」這樣的開始會對聽眾產生什麼效果？我曉得，因為我在場，我親眼見到了他們的反應——他立馬就引起大家的注意，每個人都急著想聽聽，他為何會震驚，以及他怎麼辦。

聽眾尤其喜歡聽演講者敘述自己生活經驗中的故事。羅素・康威爾發表他那篇著名的演講《鑽石就在你家後院》多達六千多次，收入達數百萬美元之多。他那篇最著名的演講是如何開頭的？且聽：

「一八七〇年，我們前往底格里斯河遊歷。我們在巴格達雇用一名嚮導，請他引導我們參觀波斯波利斯、尼尼微及巴比倫等古蹟。」

這就是他的開場白——一段故事。這是最可以吸引讀者注意力的方式。這種開場白幾乎萬無一失，很少失敗。它促使你和他一起向前邁進，我們作為聽眾則緊隨其後，想要知道即將發生什麼事情。

在某一期的《星期六晚郵報》中，有兩篇作品是以故事作為開頭的，摘錄如下：

（一）一把左輪手槍發出的尖銳槍聲，劃破了死寂。

（二）在七月的第一個星期，丹佛市的山景旅館發生一件事。就這件事的本身來說，只是小事一樁，但從它可能造成的後果來看，事情可不算小。這件事引起旅館經理格貝爾的強烈好奇，因此他把此事告訴山景旅館的老闆史蒂夫・法拉雷。幾天後，法拉雷先生前往他屬下的幾家旅館進行視察時，又把這件事告訴另外六家旅館的人員。

請注意，這兩段開場白都有行動。它們一開始就產生效果，引起你的好奇心。你希望念下去；你想要知道更多的內容；你想要發掘出這兩篇作品究竟想說什麼。

只要能運用這種說故事的技巧來引起聽眾的好奇心，即使是缺乏經驗的生手，也能成功地製造出一個很好的開場白。

要求聽眾舉手作答

請聽眾舉手回答問題，也是一個絕佳的方法，可以引發他們的興趣和注意。舉例來說，在談「如何避免疲勞」時，我曾經以這個問題來開頭：

「讓我們來舉手瞧瞧，有多少人在覺得自己該疲倦前就早早先疲倦了？」

記住這一點：在準備請聽眾舉手時，應先給聽眾一點警示，告訴他們你要這樣做。不要劈頭就說：「這裡有多少人相信所得稅應該降低的？讓我們舉手瞧瞧。」應該這樣說：「我要請各位舉手回答一個對各位而言十分重要的問題。問題是這樣的：『有多少人相信貨品贈券對消費者有好處？』」以使聽眾在作答時有一定的準備。

適當地運用請聽眾舉手的技巧，可以獲得極寶貴的反應，這就是所謂的「聽眾參與」。當你使用它時，你的演講就已經不是單方面的事情，聽眾早已投身參與其中。你問「有多少人在覺得自己該疲倦前就早早先疲倦了」，每個人就開始想這個他喜愛的題目：他自己，他的痛楚，他的疲倦。他舉起手來，可能還四下張望看看還有誰也和他一樣舉手的。他已忘記自己是在聽演講，他笑了，他對鄰座的朋友點頭了，冰冷的氣氛也就打破了。你作為演講人，便頓時輕鬆起來，聽眾亦然。

答應聽眾要告訴他們如何獲得他們想要的——還有一個幾乎不敗的方法，可以使聽眾密切注意你的演講，那就是告訴聽眾，如果他們依你的建議而行，即可獲得他們想要的。以下是一些例子：

「我要告訴各位如何防止疲倦——我要告訴各位，如何使自己每天多增加一個小時保持清醒的時間。」

「我要告訴各位如何在實質上多增加收入。」

「如果各位聽我講十分鐘，我答應一定告訴各位一個讓你更受歡迎的方法。」

這種答應擔保式的開場白必定會引起聽眾的注意，因為它直接觸及聽眾的自我關切。演講人經常忽略自己的題目與聽眾的重要興趣之間存在的相互聯繫，他們不注重去打開通往聽眾的注意之門，卻是說一些無趣的開場白，追溯題材的由來，囉囉嗦嗦地猛講題目的背景，這就將注意之門緊緊關閉了。

我記得幾年前聽過一個演講，題目本身對聽眾頗為重要：定期健康檢查的必要性。可是，演講人是如何開始的？他是否以巧妙的開場白來增加自己題材的自然和吸引力？沒有。他一開始就背上一段延年益壽的歷史，立刻使聽眾對他和他的題目興味索然。若依著「答應」的技巧來建構開場白，效果就會增強。請看下例：

「根據統計數字，你知道你可以活多久嗎？根據保險公司的統計，你的平均壽命大概是目前年齡與八十歲之間的三分之二。例如，如果你今年是三十五歲，你目前年齡與八十歲之間的差距是四十五歲，你大概可以活上這個數目的三分之二。也就是說，你最少還可以活三十年……這樣夠了嗎？不，不，我們都熱切期盼能多活幾年。然而，這些統計數字是根據幾百萬份記錄得出的。你我是否可以突破這項限制？可以的，只要有正確的預防，我們就可以辦得到。但第一步就是要進行一次徹底的健康檢查……」

然後，如果我們再詳細解釋進行定期性健康檢查的必要，聽眾可能就會對為提供這項服務而成立的公司感興趣了。但是，如果一開始就以一種冷淡的方式談到這家公司，這是很糟糕的，必定會失敗。

再舉一個例子：我聽過一位學生演講「保護森林，刻不容緩」。他開頭就說：「身為美國人，應為我們國家的資源感到驕傲……」然後，他向我們指出，我們正在大量浪費我國的木材。但是，他這段開場白很糟糕，太普通，太含混了。它沒有使他的講題與我們發生任何密切關係。試著想想，聽眾中可能正好有一位商人。我們的森林遭到破壞，可能對他的事業造成重大影響。還有一位是銀行家，這件事對他也有影響，因為這件事會影響我們的一般性經濟景氣……為什麼不以這種方式作為開場白：「我今天所要演講的題目，將會影響到你的事業，博比先生；還有你的未來，紹爾先生。事實上，從某些方面來看，它還會影響到我們所吃的食品的價格，以及我們所付的房租。它影響到我們的收入及生活。」

這樣說，是不是過於誇大保護森林的重要性？不會，我認為不會。這樣做只是服從哈伯德先生所指示的：「把事情說得嚴重一點，說話的方式要能引人注意罷了。」

使用展示物

在這個世界上，想要吸引人們的注意力，最簡單的方法也許就是高舉某件東西，讓人們看看它。即使是土人和傻瓜、搖籃中的嬰兒、商店櫥窗中的猴子，以及街道上的小狗，都會情不自禁地去注意這種刺激性的舉動。有時候也可以運用這種方法，它即使在最嚴肅的聽眾面前也能發揮很大的效果。例如，費城的艾利斯先生在一次演講時，一開始就以拇指和食指捏住一枚硬幣，將它高高舉起到超過肩膀的高度。在場的每個人很自然都朝他的這個舉動望去。然後他才問：「有沒有人在人行道上撿到像這樣的一枚硬幣？這枚硬幣不是一枚普通的硬幣，它上面寫道，撿到這種硬幣的幸運者，將可在各類房地產開發上獲得許多減免優待。你只要把這枚硬幣交給主辦的公司即可……」艾利斯先生接著開始譴責這種荒唐及不道德的行為。

艾利斯先生的開場白，還包含另一個突出的特點。他一開始就提出一個問題，讓聽眾和演講者一起思考，和他進行合作。注意，《星期六晚郵報》雜誌上的那篇「論歹徒」的文章，在開頭的三個句子中，就包含了兩個問題：「歹徒們真的有組織嗎？他們又是如何組織的？」使用疑問號，真是一種能打開你聽眾的思想、讓他們接受你的觀點的最簡單又最有效的方法。當其他的方法已經被證明毫無效果之後，你隨時可以採用這個技巧。

以某位著名人物提出的問題作為開場白——大人物說的話一向能吸引人們的注意力。因此，他們所提出的某個合適的問題，是用來展開演講的最好方式。以下這段是討論「商業成就」的文章的開場白，不知你是否喜歡。

這個世界只把財富和榮耀同時獎賞給一種東西，阿爾伯特・哈伯德說，「那就是進取精神。」什麼是進取精神？我可以告訴各位：就是在沒有人告訴你應該怎樣行事的情況下，可以做出最正確的行動。

作為開場白，這段話包含幾個突出的特點。第一句話就引起聽眾的好奇心，它引導我們向前，以誘使我們想要知道更多的內容。如果演講者在提到「阿爾伯特・哈伯德」這個名字後，技巧性地暫停一下，將會製造出一種懸疑的氣氛。我們會忍不住問：「這個世界要把財富及榮耀同時獎賞給誰？快點說出來，趕快告訴我們。我們也許不同意你的說法，但不管如何，還是請你把你的見解告訴我們……第二個句子立即把我們引進問題的中心。第三個句子是一個問句，邀請聽眾參與討論，一起思考，並且採取一些行動。聽眾一向是最喜歡有所行動的。他們喜愛得不得了。第四個句子則說出「進取精神」的定義……在說完這段開場白之後，演講者接著以一段極有趣的極具人情味的故事來說明這種「進取精神」。以這篇講稿的結構來說，它可以被評定為一篇傑作。

看來很自然的開場白——你喜歡以下這段開場白嗎？為什麼？這是瑪莉・里奇蒙向紐約婦女選民聯盟的年會發表的演講，當時美國國會尚未通過禁止早婚的法律：

昨天，火車經過離此地不遠的一個城市時，我想起幾年前在那裡發生的一起婚姻事件。由於目前的許多婚姻也像這個婚姻那般草率與不幸，因此我今天打算先詳細敘述這個例子的所有細節。

十二月十二日那天，那個城市的一名十五歲的高中少女，初次遇見附近一所學院的三年級男生。這位男生剛剛達到法定年齡。十二月十五日，也就是距離他們相遇只有三天，他們領取了結婚證書。他們發誓說那名女孩子已經十八歲，因此不必徵得父母的同意。這對小情侶取得證書後，離開市政府，立即向一位神父請求證婚（那女孩子是天主教徒），但神父理所當然地拒絕了替他們證婚。後來，透過某種方式，可能是由這位神父透露的，少女的母親得知了這個企圖結婚的消息。但是，在她找回她的女兒之前，這對小情侶已經找到地方上的一名保安官員替他們證了婚。然後，新郎帶著他的新娘住在了一家旅館，在那裡住了兩天兩夜。第三天，新郎棄新娘而去，此後一直未與她團聚。

我十分喜歡這段開場白。第一個句子就相當好。它預先暗示一段令人感興趣的回憶。我們希望知道這件往事的細節。我們安安心心地坐下來，想要聽一段極有趣味的故事。除此之外，這段開場白還顯得十分自然。它不像一篇研究報告，也不過於正經嚴肅，它不會令人覺得演講者對這件事花了很大的心血。「昨天，火車經過距離此地不遠的一個城市時，我想起幾年前在那裡發生的一次婚姻事件。」聽起來自然，不造作，又有人情味。聽起來很像某人正在向另一個人敘述一段很有趣的故事，聽眾就是喜歡這樣。但是在這樣做時，很容易陷於太過詳細的敘述，使聽眾察覺你下了一番苦心，但效果卻適得其反。我們所需要的是，令你看不出藝術痕跡的藝術。

前述所有方法均可視情況而隨心運用，或者分開，或者並用。你要瞭解，如何展開演講密切關聯著聽眾是否願意接納你和你的資訊。

避免受到不利的注意

我請你千萬要記住，不只要博得聽眾的注意，而且要博得他們有利的注意。請留意我說的是「有利的」注意。有理性的人不會一開口就侮辱聽眾，或是說一些教人憎惡、討厭的言語，使得聽眾不得不群起而反對他，駁斥他的言論。然而，演講者卻經常會以下列兩種方式來吸引聽眾的注意，那是十分不明智的。

不要以所謂的幽默故事開頭

為了某些可悲的理由，學習演講的生手經常覺得他只有表現得很好笑才算是一名演講者。他的本性本來可能像百科全書那般嚴肅，缺乏幽默感，然而，當他站起來演講時，他卻幻想著馬克・吐溫的精神正降臨於他的身上。所以，他很可能會以一個幽默的故事開頭，特別是在吃過晚餐後的場合。結果會造成什麼情況？他所講的故事，他這種臨時改變的態度，會造成現場像字典般沉悶的氣氛。而且有二十：一的機會會如此，他的笑話很可能不會「生效」。就如哈姆雷特的那句不朽名言所說的，它正好證明了這種笑話是「不新鮮的，老套的，平淡而且是毫無益處的。」

如果一個藝人在一群花錢入場的觀眾面前像這樣失敗過幾次，他們必將打開汽水，並且大叫：「把他轟下台去。」但是，聆聽演講的聽眾一般都是很有同情心的，因此純粹出於慈悲心腸，他們通常會盡量發出笑聲，但同時，在他們的內心深處，卻在為你這種準幽默演講的失敗深表憐憫。他們自身儘管在堅持聽著，但覺得很不舒服。你不是也經常親眼目睹這種演講完全失敗的慘狀嗎？

在演講這個極為困難的領域裡，還有什麼比引得聽眾發笑更為困難、更為難得的能力？幽默是一種「一觸即發」的事，它與一個人的個性和特點有很大關係。

記住，故事本身是很少有任何趣味的，反而是說故事者的敘述方式會使聽眾對它產生興趣。在述說馬克・吐溫據以成名這個相同故事的時候，一百個人之中，有九十九個會失敗得極慘。林肯是一個講故事的高手，他當年在伊利諾州第八司法區的酒館裡就向人們講了很多故事，人們為了聆聽他的故事甚至要趕上幾英里遠的路程。人們整晚聆聽他的故事，絲毫不覺疲倦。據親眼目睹過現場的一些聽眾說，他的故事有時候令當地民眾興奮得高聲大叫，有些人竟然情不自禁地從椅子上跳下來。這裡有一個林肯經常說的故事，他每次說出之後，總能令聽眾哈哈大笑。你何不試試看，你可以向你的家人大聲朗讀這些故事，看看你是否能讓他們的臉上浮現出笑容。但是，為了慎重起見，請你私下試試看，不要在聽眾面前嘗試：

有一位遲歸的旅行者，走在伊利諾州草原的泥濘路上，急著趕回家去，卻不幸遇上了暴風雨。夜色漆黑如墨，傾盆大雨下得有如天堂的水壩洩洪，雷聲怒吼，有如炸彈爆炸。閃電擊倒了好幾棵大樹，雷聲震耳欲聾。最後，當這位可憐的旅行者一生中從未聽見過的可怕的雷聲傳來之後，他立即跪倒在地對著上蒼祈禱。他此時的祈禱詞也和平常大不相同，他喘著氣說：「哦，上帝，如果對你來說沒有什麼差別，請你多給我一點閃光，少給我一點雷聲。」

你也許是一個具有難能可貴的幽默感的幸運兒。如果是這樣，你一定要全力培養它。不管你到哪裡演講，必將因此而大受歡迎。但如果你的才能是在其他方面，就不應該故作幽默狀。

如此一來，開場白一定要十分莊重而且極度嚴肅嗎？並不盡然。如果你有辦法，可以就地取材說一些笑話，博得聽眾一笑，你可以談談與演講場合有關的事，或是就其他演講者的觀點講幾句話。可以抓一些人們覺得不對勁的地方，予以誇大。這種笑話，比一般的那種丈母娘或山羊的陳腐笑話要有效四十幾倍。

也許，製造歡樂氣氛的最簡單有效的方法，就是把自己當作笑話的題材。敘述你自己遭遇的一些荒謬而尷尬的情景。這正是幽默的真正本質。

傑克・班尼使用這種技巧已有多年，他是廣播上最早「作弄」自己的重要人物之一。傑克・班尼把自己當笑柄，取笑自己的小提琴技藝、自己的小氣和自己的年紀。他妙語連珠，亦莊亦諧，使收聽率年復一年高居不下。對那些可以竭盡巧思，不驕矜自負，幽默風趣，不諱言自己的缺陷與失敗的演講者，聽眾就會向你打開心扉。相反地，那些「打腫臉充胖子」的冒充無所不知的專家模樣的演講者，則只會造成聽眾的冷漠與排斥。

幾乎任何人都可以把不相關的事物牽扯在一起，令聽眾哈哈大笑。例如，有一位報紙的專欄作家說，他最痛恨「小孩子，牛肚和民主黨人」。

著名作家吉卜林在向英國一個政治團體發表演講時，在開場白中說了一個笑話，引起全場聽眾捧腹大笑。我現在把這段開場白引述如下，大家可以看看他是如何聰明地引人發笑的。他敘述的不是一些陳舊的逸聞趣事，而是他自己的一些經驗，並且還開玩笑似的強調其中的一些不對勁之處：

主席，各位女士先生，我年輕時，曾經在印度當記者，專門替一家報社報導犯罪新聞。這是一項很有趣的工作，因為它使我認識一些騙子、拐騙公款者、謀殺犯以及一些極有進取精神的正人君子。（聽眾大笑）有時候，我在報導了他們被審的經過後，會去監獄看看這些正在服刑中的老朋友。（聽眾大笑）我記得有一個人，因為謀殺而被判無期徒刑。他是一位聰明、說話溫和又有條理的傢伙，他把他自稱的他的「生活的教訓」告訴我。他說：「以我本人為例，一個人如果做了不誠實的事，就難以自拔，一件接一件不誠實的事一直做下去。直到最後，他會發現，他必須把某人除掉，才可以使自己恢復正直。（聽眾大笑）哈哈，目前的內閣正是這種情況。」（聽眾大笑及歡呼）

塔虎脫總統也運用這種方式，在大都會人壽保險公司的年度主管酒會上製造許多的笑料。最令人叫絕的是，他不僅令大家捧腹大笑，也同時將他的聽眾讚揚一番：

總裁先生及大都會保險公司的各位先生們：

大約九個月前，我回到我的老家度假。我在那裡聽了一場由一位先生在會餐後發表的演講。這位先生說，他對於發表這種演講感到有些惶恐。於是去向一位朋友請教，因為這位朋友對於在會餐後發表演講有極為豐富的經驗。這位朋友向他建議說，對一個在會餐後發表演講的演講者來說，最好的聽眾就是那些智慧很高、受過良好教育但已經喝得半醉的聽眾。（笑聲與掌聲）現在，我所能說的是，我眼前的這批聽眾，是我所見過的最好的一批聽眾。這位演講者所提到的這類聽眾，就坐在我們這裡！（掌聲）我還必須指出，這正是大都會人壽保險公司的精神。（掌聲歷久不停）

不要以道歉開頭

初學演講者在開場白中常犯的第二個錯誤就是，他會習慣性地向聽眾表示抱歉。「我不是一名演講者……我本來不準備發表演講……我沒有什麼可談的。」

不行！絕對不行！吉卜林所寫的一首詩的第一句就是：「再繼續下去，實無用處。」對於一開頭就表示抱歉的演講者，聽眾也正是抱著這種心情。

畢竟，如果你事先未做準備，我們之中的某些人很快就會發覺，實在不用你加以提醒。其他的人可能不會發現，你又何必喚起他們的注意力？為什麼要侮辱你的聽眾？——因為你這樣說，等於是在向他們暗示，你認為他們不值得你去準備，而且你在火爐邊無意中聽來的一些資料就足以滿足他們。不，不，我們不希望聽到你說抱歉。我們齊集一堂是要聽取新的消息及意見，並激起我們的興趣，你要特別記住後面這一點。

你一來到聽眾面前，很自然而且無可避免地就引起我們對你的注意。在接下來的五秒鐘內繼續維持我們對你的這份注意力不困難，但要在以後的五分鐘內繼續維持這份注意力，可就很困難了。你如果失去聽眾對你的這份注意力，想要再爭取回來，更是加倍困難。因此，你在第一個句子中就要說出某些吸引聽眾興趣的話。不是第二個句子，更不是第三句。是第一句！第一句！

支持主要意念

在引起聽眾共鳴的較長演講中，要點可能會有好幾個，但應該越少越佳，而且對於每個要點都要有支持的材料。你可以使用統計數字或類比的方法。

使用統計數字

統計數字是用以顯示某種情況經過加總概括以後的結果，它們也能給人深刻的印象，並且很有說服力，特別是它有證據的功用，是孤立的事例所不能企及的。沙克預防小兒麻痺疫苗之所以被認為確實有效，是因為它依據的是全國各地的統計數字。當然，也有個別無效者，但那只能作為一種例外，根據這個例外而發的議論，是不能讓為人父母者相信沙克疫苗不能保護自己的孩子的。

但是數字本身卻遭人厭煩，應該明智而審慎地使用，在使用的時候配合其動態語言，以使其具有鮮活的色彩。

這裡有一例可以用來說明，把統計數字與我們熟悉的事物相比較，可以產生加強印象的效果。一位主管認為紐約人太疏懶，他們習慣於不立刻去接聽電話，因而造成大量的時間損失。為了支持自己的論點，他說：

每一百通電話中，有七通顯示，在接受電話的人回答之前，有超過一分鐘的耽擱。在這種方式之下每天共有二十八萬分鐘損失。如果以六個月的時間為期，紐約的這種對時間的耽擱，幾乎與自哥倫布發現美洲以來的營業時間相等。

只提出數字、數量本身，是不會留給人們什麼印象的，它們必須佐以實例。假使可能，還必須以我們自己的經驗來敘說。記得在大壩水庫下方的一個發電房裡，我曾經聽過一個導遊的解說。他本可以告訴我們這個房間的平方英尺數字的，但是這與我們以下介紹的他使用的方法相比，說服力可就要差得多了！他告訴我們這個房間的寬廣程度，足以容納一萬人在一個規劃的球場上觀賞足球賽，每邊還有餘地可作為數個網球場之用。

使用類比

使用類比支持一個主要論點，是一個很好的技巧。以下是一段題目為《需要更大電力》的演講摘錄，由C・吉拉德・大衛森在任職內政部助理秘書的時候所講。請留意他如何利用類比來做比較，以支持自己的論點：

繁榮的經濟必須不斷向前邁進，否則就會陷於紊亂。好比飛機停憩於地面時，只是一堆無用的螺釘、螺帽的組合。可是它如果在空中前行時，就會如魚得水，發揮它有效的功能。為了要在高空停留，它必須繼續前進。它若是不前進，就會下沉，因為它是不能後退的。

這裡有另一個類比，它恐怕是演講史上最傑出的類比了。它是林肯在艱難的南北戰爭期間，回答批評他的人所使用的：

諸位先生，我想讓各位來做一番假設。假設你所有的財產都是黃金，而你把它交付給著名的走繩索家伯羅丁手中，讓他將之透過繩索帶到尼加拉大瀑布那邊。當他行經在瀑布之上時，你會不會搖動繩索，或是不斷地對他喊叫：「伯羅丁，再俯低一些！再走快一些！」不會的，我確信你一定不會。

相反地，你會屏息凝氣，肅立在一邊，直至他安全地走過。現在，政府也處於與他們相同的境地。它目前正背負著巨大的重量要越過狂瀾洶湧的海洋，數不盡的財寶就握在它的手中。它正竭盡所能地工作。請勿打擾它！只要保持沉著，它就可以帶你安然度過。

幾年前，亨利・羅賓遜為《你的生活》雜誌寫了一篇有趣的文章：「律師如何才能勝訴。」文中描述了一位名叫亞伯・胡莫的人，他是一家保險公司的律師。他在與人進行一場有關傷害訴訟時，就十分有效地運用戲劇性的展示表演。原告波士特先生主訴的事由是：自己被從電梯通道上摔下，致使肩膀嚴重受傷，以致無法舉起右臂。

胡莫顯得極為關切。「波士特先生，」他充滿信心地說，「請讓陪審團看看你可以把手臂舉多高。」波士特小心翼翼地把手臂舉至耳齊。「現在再讓我們看看，在受傷之前，你可以把手臂舉多高，」胡莫這樣慫恿他。「像這樣高，」原告說著倏地伸直了手臂，高舉過肩。

陪審團對原告先生這番展示到底如何反應，就可想而知了。

在那些希冀聽眾反應的較長演講中，有幾個要點需要注意。它們不到一分鐘就可以說完，向聽眾照本宣科地述說將是枯燥乏味的。有什麼辦法可以使這些論點生動活潑起來？有的，那就是你所使用的支持材料，它會使你的演講火花迸射，情趣頓生。借用事件、比較和展示，可以使你的主要意念清晰地呈現出來。借用統計數字和證詞，可以有力地說明事實，並且加強主要論點的重要性。

達到高潮性的結尾

一天，我順道去訪問工業家兼人道主義者喬治・詹森，與他閒聊了幾分鐘。他當時是安迪科詹森公司總裁。但是使我更感興趣的是，他是一個既能讓聽眾笑，有時又能讓他們哭，並且可以使聽眾長久記住他的演講的演講家。

他沒有私人辦公室，只是在他那寬大而忙碌的工廠裡有一個屬於他的小角落。他的神態更是一如他的那張老木桌一般，誠懇而不「虛偽」。

「你來得正好，」他站起來向我迎過來說，「我有一件特別的差事要做！我已經草草記下今天晚上對工人們講話的結尾。」

「把腦子裡的演講從頭至尾整理出頭緒，真是讓人鬆了一口氣。」我頗有感觸地說。

「噢，它們尚未完全在我腦海中成形，」他說，「還只是一個籠統的概念，只是我想用來作總結的特殊方式。」

他不是職業演講家，從未考慮過用什麼鏗鏘的言語或精緻的詞句。但是，他卻從經驗中學到成功溝通的秘訣。他曉得若要講得好，必須有一個好結尾。他瞭解要給聽眾留下鮮明的印象，必須使演講的內容合情合理地推進，一直到得出正確的結論。

你可曾知道，在演講中，有哪些部分最可以顯示出你到底是一個缺乏經驗的新手，還是一名演講專家？是一個笨拙的演講者，還是一個極有技巧的演講者？我告訴你，那就是開頭和結尾。戲院裡有一句跟演員有關係的老話，那句話是這樣表述的：「從他出場及下台的情形，就可知道他是不是一個好演員。」

開始與結束，對任何一種活動來說，它們都幾乎是最不容易純熟地表現的部分。例如，在一個社交場合，優雅地進入會場，以及優雅地退席，不就是最需要技巧的一種表現嗎？在一次正式的會談中，最困難的工作，不就是一開始就贏得對方的信任，以及成功地結束會談嗎？

結尾是一場演講中最具戰略性的部分。當一個演講者退席後，他最後所說的幾句話，將仍在聽眾耳邊迴響，這些話將在聽眾心目中保持最長久的記憶。但是，一般初學演講的人，很少會注意到這一點的重要性。他們的結尾經常令人感到失望。

他們最常犯的錯誤是什麼？讓我們來研究一下，以便找到補救之道。

有些人總在演講結束時說：「關於這個問題，我大概只能說這麼多了。因此我想，我應該結束我的演講。」這類演講者經常釋放一陣煙霧，心虛地說一句「感謝各位」，想要以此來遮掩和結束自己不太令人滿意的演講。事實上，這樣草草了事算不得是什麼結尾。這絕對是一個錯誤。這會向聽眾暴露出你是一個生手。這幾乎是不可原諒的。如果你應該講的話都說完了，為什麼不就此結束你的演講，立即坐下來，而不要再說「我說完了」之類的廢話！你一定要這樣做，這樣反而給聽眾留下嫋嫋餘音，他們自然能從你的停頓中判斷你已講完了一切要講的。

還有一些演講者，在說完了他應該說的每一句話後，卻不知道如何結束。喬斯．比利斯建議人們捉牛時，要抓住尾巴，而不要抓角，因為這樣才容易得手。

如何改進？那就是，結尾必須要事先計畫好。甚至於像韋伯斯特、布萊特、格雷斯通等一些成就卓著、英語能力又極好而令人敬佩的著名演講家也都認為，必須把結尾全部寫下來，然後把它一字一句地背下來。

初學者如果可以模仿他們的做法，必然就不會再感到懊悔。初學者必須十分明確地知道他在結尾時要表現什麼。他應該把結尾的一段預先練習幾遍，當然他不必每次都重複使用相同的詞句，但要把你的思想明確地用詞句表現出來。

如果是即席演講，你在演講進行中必須不斷地更改很多材料，必須刪減掉某些段落，以便靈活應對事先未曾預料到的情形，這也有助於你與聽眾的反應合拍。因此，聰明的做法就是事先準備好兩三種結束語。如果其中一種不合適，另一種也許就可以用得上。

許多新手的演講往往結束得太過突然。他們的結束方式往往不夠平順，缺乏修飾。確切地說，他們沒有結尾，他們在演講途中突然急劇地停止了。這種方式會令人感到不愉快，這也顯示演講者是一個十足的外行。這就彷彿在一次社交性的談話中，對方突然停止說話，猛然衝出房間，未曾向房間裡的人有禮貌地道聲再見一樣。

就是林肯這樣傑出的演講者，在他第一次就職演講的原稿中也犯了同樣的錯誤。在發表這場演講的時候，形勢非常緊張，衝突與仇恨的烏雲正在頭上盤旋。幾個星期之後，血腥與毀滅的暴風雨立即在美國各地爆發。林肯本來想要以下列這段話作為他向南部人民發表的就職演講的結束語：

各位心存不滿的同胞們，內戰這個重大問題將如何解決，就掌握在各位手中，而不是在我手裡。政府不會責罵你們。你們各位若不當侵略者，就不會遭遇衝突。你們沒有與生俱來的毀滅政府的誓言，但是我卻有一個最嚴肅的誓言，那就是我要去維護、保護及為這個政府而戰。你們可以避開對這個政府的攻擊，但是我不能逃避保護它的責任。和平還是大動干戈？這個嚴肅的問題掌握在各位手中，而不是在我手中。

他把這份演講稿拿給國務卿過目。國務卿很正確地指出，這段結尾太過直率，太過魯莽，太具刺激性。所以，國務卿試著修改這段結尾詞，並且寫了兩個結尾供他選擇。林肯接受了其中的一種，並且在稍加修改之後，用來代替原來講稿的最後三句話。這樣一來，他的第一次就職演講就不像原稿那樣具有刺激性及魯莽感，而是表達更強烈的友善，也展現他的純美境界及如詩的辯才：

我痛恨發生衝突。我們不是敵人，而是朋友。我們絕對不要成為敵人。強烈的情感也許會造成緊張形勢。但絕對不可破壞我們之間的情感和友誼。記憶中的神秘情緒，從每個戰死疆場及愛國志士的墳墓延伸到這塊廣袤土地上的每一顆活生生的心及每個家庭，將會增加合眾國的團結之聲。到了那個時候，我們將會，也必然會，以我們更佳的天性來對待這個國家。

一個生手如何才能找到對演講結尾部分的正確感覺？要根據機械式的規則嗎？不！不是的。它就跟文化一樣，這種東西太微妙了。它必須是屬於一種感覺的東西，也就是說，它幾乎是一種直覺。除非一個演講者可以「感覺」得到如何才能表現得和諧又極為熟練，否則你自己又怎能盼望做到這一點？

但是，這種「感覺」是可以培養的，這種經驗也是可以總結出來的。你可以去研究一些成名演講家的方法。以下就是一個例子，這是當年威爾斯親王在多倫多帝國俱樂部發表演講的結束語：

各位，我很擔心。我已經脫離對自己的克制，我已經對自己談得太多了。但是我想要告訴各位，你們是我在加拿大演講以來人數最多的一群聽眾。我必須要說明，我對我自己的地位的感覺，以及我對於這種地位同時而來的責任的看法——我只能向各位保證，將隨時恪守這些重大的責任，並且盡量不辜負各位對我的信任。

即使是一名「瞎眼」的聽眾，也會「感覺」到這就是結束語。它不像一條未繫好的繩子那般在半空中擺盪，也不會顯得零零散散的未加整修。它已經修剪得很好，它已經整理妥當，這預示著：應該結束了。

在國際聯盟第六次大會召開之後的那個星期天，著名的霍斯狄克博士在日內瓦的聖皮耶瑞大教堂發表演講。他選擇的題目是──《拿劍者，終將死於劍下》。以下是他這次演講詞的結尾部分。你會感覺到，他所表現的是如此美麗、高貴，又富有力量：

我們不能把耶穌基督與戰爭混為一談──這是問題的關鍵所在。這也是我們今天所面臨的挑戰，而且應該激發起基督的良心。戰爭是人類所蒙受的最大及最具破壞性的社會罪惡！這絕對是殘忍無比的行為！以其整體方法及效果而言，它代表耶穌不曾做過的每件事情，也不曾代表耶穌說過的任何話。它非常明顯地否認關於上帝與人類的每一項基督教義，甚至遠超過地球上所有無神論者所能想像的程度。如果可以看到基督教會宣稱它將為我們這個時代最重大的道德問題負責任，並且看到它有如在我們父輩時代所提出的明確的道德標準，以對抗目前我們這個時代的異教邪說，拒絕讓良心受制於一些好戰的國家，將上帝的國度置於民族主義之上，並且呼籲這個世界追求和平，這豈不是極有價值的嗎？

此時此地，身為一個美國人，置身於這個高聳著自由女神像的屋頂下，我不能代表我的政府發言，但是我願以美國人及基督徒的雙重身分，代表我的幾百萬名同胞發言，祝福你們完成一項偉大的任務，即讓我們信任你們的偉大任務。我們為它祈禱！如果無法完成，我們將深感遺憾。我們已經過了多方面的努力，大家的目的是一致的——追求一個和平的世界。再也沒有比這個更好的目標值得我們去奮鬥。捨此目標，人類將面臨有史以來最為可怕的災禍。就如同物理學上的萬有引力定律，在道德領域中的上帝法則是沒有種族與國家的界限：「拿劍者，終必死於劍下。」

但是，如果沒有林肯第二次就職演講結尾部分的那種莊嚴的語氣以及如鋼琴般優美的旋律，我們選錄的演講結尾就不能算是完整的。牛津大學已故的前任校長庫松伯爵就曾經宣稱，林肯的這段結束辭「可以名列人類的榮耀及珍藏……是人類雄辯口才最純淨的黃金，不，應該算是近乎神聖的口才」：

我們很高興地盼望，我們很誠摯地祈禱，這場戰爭的大災禍將很快就會成為過去。然而，如果上帝的旨意是要使這場戰爭持續到將兩百五十年來由那些無報酬的奴隸所積聚的財富完全耗盡，持續到受皮鞭鞭打而流出的每一滴血都要用由刀劍砍傷而流出的血來賠償，我們也必須說出三千年前相同的那句話：「上帝的裁判是真實而公正的。」

不對任何人懷有敵意；對所有人都心存慈悲，堅守正義的陣營，上帝指引我們看見正義，讓我們努力完成我們目前正在進行的任務；治療這個國家的創傷；照顧為國捐軀的戰士們，照顧他們的寡婦及孤兒——盡我們的一切責任，以達成在我們之間的一項公正及永久的和平，並且推廣至全世界。

在我看來，這是由凡人口中所曾發表過的一段最美妙的結尾……各位可同意我的看法？在演講文學的領域中，除了這篇演講稿之外，你還可以從哪篇講稿中找到比這更具人性、更充滿愛意、更充滿同情心的段落？

威廉・巴頓在《亞伯拉罕・林肯的一生》一書中說：「蓋茲堡演講已經十分高貴了，但這篇演講卻提升到了更高一層的地位……這是亞伯拉罕最偉大的一篇演講，它把他的智慧及精神力量發揮到了最高境界。」

「它就像是一首聖詩。」卡爾・舒爾茲寫道，「從來沒有一位美國總統向美國人民說過這樣的話。美國也從來沒有一位可以在內心深處找出這樣感人話語的總統。」

但是，你不會以總統的身分在華府發表演講，也不會以總理的身分在渥太華或坎培拉發表演講。也許，你的問題只是，如何在一群社會工作人員面前結束一次簡單的談話。你應該怎麼辦？讓我們稍微研究一番，看看是否能發掘出一些有用的建議。以下是這些建議：

總結你的觀點——即使在只有五分鐘的簡短談話中，一般的演講者也會不知不覺地使談話範圍涵蓋得很廣泛，以至於在結束時，聽眾對於他的主要論點究竟是什麼仍然感到困惑不已。但是，只有極少數的演講者會注意到這種情況。他們有一種錯誤的想法，認為這些觀點在他們自己的腦海中如同水晶般清楚，因此聽眾也應該對這些觀點同樣清楚才對。事實並不盡然。演講者對自己的觀點已經思考過相當長的時間了，但是他的觀點對聽眾來說，卻是全新的。它們就像一串撒向聽眾的彈珠，有些可能會落在聽眾身上，但是絕大多數零散地掉在地上。聽眾的感覺可能是：記住了一大堆事情，但沒有一樣可以記得很清楚。

以下是一個很好的例子。演講者是芝加哥一家鐵路公司的交通經理：

各位，簡而言之，根據我們在自己後院操作這套信號系統的經驗，根據我們在東部、西部、北部使用這套機器的經驗，它操作簡單，效果極佳，再加上它在一年之內阻止撞車事件發生而節省下的金錢，使我以最急切及最坦白的心情建議：立即在我們的南方分公司採用這套機器。

各位看得出他的成功之處嗎？你們可以不必聽到他演講的其餘部分，就可以看到並感覺到那些內容。他只用了幾個句子，就把他整個演講的重點全部包括進去了。

你不覺得像這樣的總結極為有效嗎？如果你也有同感，大可不必吝惜運用這項技巧。

請求採取行動

上述引用的那個結尾，就是「請求採取行動」結尾的最佳例子。演講者希望有所行動：在他所服務的鐵路公司的南部支線設置一套信號管制系統。他請求公司決策人員採取這項行動，主要原因在於：這套設備可以替公司省錢，也能防止撞車事件的發生。這不是一種練習性的演講。這項演講是向某家鐵路公司的董事會發表的，目的是要說服公司答應設置它所要求的這套信號設備。

在獲致行動的演講中，當你說最後幾句話時，如果你覺得要求行動的時間已經來到，就要果斷地開口要求！要聽眾去參加捐助、選舉、寫信、打電話、購買、抵制、從軍、調查、赦免無罪或任何你想要他們去做的事。但是，請務必遵從以下原則。

要求他們做明確的事情

不要說：「請幫助紅十字會。」這樣太過籠統，而是要說：「今天晚上，就寄出入會費一元，給本市史密斯街一百二十五號的美國紅十字會。」

要求聽眾做力所能及的反應

不要說：「讓我們投票反對『酒鬼』。」這是辦不到的事情，我們並未對「酒鬼」進行投票。但是，卻可以請求他們參加戒酒會，或捐助某個為禁酒奮鬥的組織。

盡量使聽眾易於根據請求而行動

不要說：「請寫信給你的參議員投票反對這項法案。」九九%的聽眾都不會這樣做，他們沒有這樣強烈的興趣，或是太麻煩，或是他們忘記了，因此要使聽眾覺得做起來輕鬆愉快。怎麼做？自己寫一封信給參議員，上面寫道：「我們聯名敦請你投票反對第七四三二一號法案。」把信和鋼筆在聽眾之間傳遞，這樣或許會獲得許多人的簽名——而且恐怕筆也不知所終了。

簡潔而真誠的讚揚

偉大的賓夕法尼亞州應該領先加速新時代的來臨。賓州是鋼鐵的大生產者，是世界上最大鐵路公司之母，是美國第三大農業州，也是美國的商業中心之一。它的前途無量，它身為領導者的機會光明無比。

史茲・韋伯就是以這幾句話結束他對紐約賓州協會的演講。他的演講結束之後，聽眾感到愉快、高興，並對前途充滿樂觀。這是一個令人敬佩的結束方式。但是，為了收到充分的效果，演講者的態度必須很真誠。不可阿諛奉承，不可誇大。這種方式的結尾，如果不能表現得很真誠，反而將會顯得虛偽，而且十分虛偽，而且就像假的硬幣一樣，沒有一個人會接受它。

幽默的結尾

喬治・科漢說：「當你說再見時，要使他們臉上帶著笑容。」如果你有這個能力，也有這種題材，當然很好，但要如何才辦得到？誠如哈姆雷特所說的：「這是一個問題。」每個人必須以自己獨特的方式來表現。

洛伊德・喬治曾經在美以美教會的聚會上，向教徒們演講著名傳教士衛斯理（美以美教會的創始人）墓園的維護問題。這個題目極為嚴肅，大家都想不出有什麼好笑的。但是，請各位注意，他還是辦到了這一點，而且做得十分成功。同時，也請各位注意，他的演講結束得竟然如此平和漂亮：

我很高興各位已經開始整修他的墓園。這個墓園應受到尊重，他特別討厭任何不整潔及不乾淨的事物。他說過這句話，「不可讓人看到一名衣衫襤褸的美以美教徒」。我想，由於他，所以你們永遠不會看到這樣的一名美以美教徒。（笑聲）如果任由他的墓園髒亂，那就是對他的極端不敬。各位都記得，有一次他經過德比夏郡某處時，一名女郎奔到門口，向他叫道：「上帝祝福你。衛斯理先生。」他回答：「小姐，如果你的臉孔和圍裙更為乾淨一點，你的祝福將更有價值。」（笑聲）這就是他對不乾淨的感覺。因此，不要讓他的墓園髒亂。如果他偶爾經過，這比任何事情都令他傷心。你們一定要好好照顧這個墓園。這是一個值得紀念的神聖墓園，它是你們的信仰寄託之所在。（歡呼聲）

以一首名人詩句作為結束

在所有的結尾方法中，最可以被聽眾接受的，莫過於幽默或詩句了。事實上，如果你能找到合適的短句或詩句作為你的結尾，那幾乎是最理想不過的。它將產生最合適的風味以及尊嚴氣氛，將會表現出你的獨特風格，將可產生美。世界扶輪社社長哈里‧勞德爵士在愛丁堡向在當地召開年會的美國扶輪社代表團發表演講時，就是以這種方式結束他的演講：

各位回國之後，你們之中某些人會寄給我一張明信片。如果你不寄給我，我也會寄一張給你。你們一眼就可以看出那是我寄去的，因為上面沒有貼郵票。（笑聲）但是我會在上面寫一些東西：

春去夏來，秋去冬來，
萬物枯榮都有它的道理。
但是有一件東西永遠如朝露般清新，
那就是我對你永遠不變的愛意與感情。

這首短詩很適合哈里·勞德的個性，當然也能配合他演講時的氣勢。因此，這段結尾對他來說，是極為合適的。如果某位一向嚴肅而拘謹的扶輪社社員把它應用在一次嚴肅演講的結尾，不僅顯得有些突兀，甚至令人覺得有些荒謬。我教授演講的時間越久，越能清楚地看出，也越能生動地感覺到：想要舉出可以適應所有場合的一般性規則，幾乎是不可能辦得到的。因為，絕大多數情況都要視演講的題目、時間、地點及演講者本身而決定。誠如聖保羅所說的：「每個人必須自行努力，以求解救自己。」

在一次歡送紐約市某位專職人員的惜別會上，我以貴賓身分參加。有十幾位演講者分別上台講話，稱頌他們這位即將離開的朋友，祝福他在將來的新工作上獲得成功。一共有十幾個人上台講話，但是只有一個人以令人難忘的方式結束他的演講，他的結尾也是引用一首短詩。

布魯克林IAD汽車公司副總裁亞伯特先生曾經向他公司員工演講「忠誠與合作」。他以吉卜林的《第二叢林詩章》中的一首音韻悠揚的短詩，作為他這次演講的結束：

這就是「叢林法律」——如藍天般古老而正確；遵守這項法律的野狼將會繁衍生子，但破壞它的野狼必將死亡。

如同蔓藤般纏在樹幹上，這項法律無處不在——因為團結的力量就是野狼，野狼的力量就是團結。

高潮

高潮是很普遍的結束方法。這通常很難控制，而且對所有的演講者以及所有的題目而言，這其實不能算是結尾。但是，如果處理得當，這種方法是相當好的。關於這種以高潮作結尾的方法，各位可以在書中那篇以費城為主題的得獎演講中找到最好的例子。

林肯在一次有關尼加拉大瀑布的演講中，運用這種方法。請注意，他的每個比喻都比前一個更強烈，他把他那個時代拿來分別和哥倫布、基督、摩西、亞當等時代相比較，因而獲得一種累積起來的效果：

這使我們回憶起過去。當哥倫布首次發現這個大陸——當基督在十字架上受苦——當摩西領導以色列人通過紅海——不，甚至當亞當首次自其造物者手中誕生時；那個時候，和現在一樣，尼加拉大瀑布已經在此地怒吼。已經絕種，但是他們的骨頭塞滿印第安土墩的巨人族，當年也曾經以他們的眼睛凝視尼加拉大瀑布，正如我們今天一般。尼加拉大瀑布與人類的遠祖同期，但比第一位人類更久遠。今天它仍和一萬年以前一樣聲勢浩大及新鮮。早已死亡，只有從骨頭碎片中才能證明牠們曾經生存在這個世界上的史前巨象及乳齒象，也曾經看過尼加拉大瀑布——在這段漫長無比的時間裡，這個瀑布從未靜止過一分鐘，從未乾枯，從未冰凍，從未闔眼，從未休息。

溫德爾・菲利普斯在演講有關海地共和國國父杜桑・盧維杜爾的事蹟時，也運用相同的方法。他那篇演講經常被演講的教科書摘錄。現在，我將它的結尾引述如下：

我想要稱他為拿破崙，但拿破崙是以自毀誓言及殺人無數而建立他的帝國。這個人卻從未自毀承諾。「不報復」是他偉大的座右銘，也是他的生活法則。他在法國對他兒子說的最後幾句話是：「孩子，你終有一天要回到聖多明哥，忘掉法國謀殺了你的父親。」我想稱他為克倫威爾，但克倫威爾只是一名軍人，他所創立的國家隨著他的死亡一起崩潰。我想稱他為華盛頓，但華盛頓這位維吉尼亞的偉大人物也養奴隸。這個人寧願冒著丟掉江山的危險，也不允許買賣奴隸的情形出現在他國度內最偏遠的村落。

你們今天晚上大概認為我是一個狂人，因為各位不是用眼睛在讀歷史，而是用你們的偏見。但是在五十年以後，事實被人揭露出來之後，歷史的女神將把福基翁歸於希臘，布魯特斯歸於羅馬，漢普頓歸於英格蘭，拉法葉歸於法國，把華盛頓選作我們早期文明的一朵鮮豔及至高無上的花朵，約翰・布朗是我們這個時代成熟的果實。然後，她把她的筆浸在陽光中，用鮮藍色在他們所有人的身上寫上這位軍人、政治家、烈士的姓名——杜桑・盧維杜爾。

尋找，研究，實驗，直到你獲得一段好的結尾及一段好的開場白。然後，把它們集中在一起。不會刪減自己的談話內容以適應這個快速時代氣氛的演講者，將不會受到歡迎。而且，有時候還會受到聽眾的排斥。

即使是聖徒——塔瑟斯城的掃羅（使徒保羅的門徒）——也犯了這種錯誤。他在傳道時滔滔不絕，直到後來，聽眾中的一名小夥子——一位叫猶太朱斯的年輕人——睡著了，並且從窗口掉出去，把脖子摔斷了。即使是那樣，掃羅可能仍未停止他的講道。有誰知道？我記得有一位演講者，是一位醫生，有天晚上在布魯克林的大學俱樂部演講。那次的集會時間拖得很長，已經有很多人上台說過話了。輪到他演講時，已經是凌晨一點。他要是為人機智及圓滑一點，或是善解人意一點，他應該上台去說上十幾句話，然後讓我們回家去。但是他這樣做了嗎？沒有，他沒有。他反而展開了一場長達四十五分鐘的長篇演講，極力反對活體解剖。他還沒講到一半，聽眾已經開始希望他就像猶太朱斯一樣，也從窗戶掉出去，並且摔斷某些部位，任何部位都可以，只要能讓他住口就可以。

洛里默在擔任《星期六晚郵報》編輯的時候告訴我，他總是在某個系列文章達到最受歡迎的高峰時，就把這一系列的文章停掉。讀者們紛紛要求再多刊登一點。為什麼要停掉它們？為什麼要在那個時候停掉？「因為，」洛里默先生說，「在最受歡迎的高峰過後不久，讀者就會獲得滿足感。」

同樣的明智抉擇也可以應用在演講上，而且更應該這樣做。在聽眾迫切地希望你繼續說下去的時候，就趕快停止。

一般聽眾雖然比較有禮貌，比較會克制自己，但是他們討厭長篇大論演講的心情卻是同樣的。因此，要注意聽眾的反應。我知道你不會視而不見。

要學會從他們的立場來處理演講。

善用已經學得的技巧

我在班上上課時，經常會欣慰地聽到學生們訴說他們如何在日常生活裡運用本書中所介紹的技巧。他們坦承，在運用這些技巧後，都有收穫。推銷員說他們的銷售額增加許多，經理們表示其業務大有進展，主管們則承認擴大了駕馭能力。所有這一切都源於他們在下指令和解決問題時，利用語言效力的技巧大有進步。

N・理查・狄勒在《今日語言》裡寫道：「說話，說話的形態，說話的次數，以及說話的氣氛……是現代社會溝通系統中的生命血脈。」R・弗萊德・康納德，負責通用汽車公司的《戴爾・卡內基教程——統御術》的指導。他也在同一雜誌裡這樣寫道：「我們之所以興致勃勃地在通用汽車公司從事語言訓練的工作，基本的理由之一是，我們瞭解每位監管人員或多或少也算得上是一個老師。從約試一個可能的員工起，經過初期的訓練階段，再經過正規的工作分派與可能擢升，一位監管人員需要不斷地解釋、描述、申斥、說明、指示、批評，並與自己部門裡的每個人討論無數的事情。」

當我們沿著口頭交談的梯子往上攀升，而達至幾近當眾演講的境地時——如討論，做決定，解決問題與舉行決策會議——我們再度翻閱本書中所教導的有效說話技巧，將會十分有效地將之運用於日常的語言活動之中。在眾人面前有效演講的法則，可以直接用於參加會議的場合，它有助於你駕馭會議的過程。

在本書的其他章節中，我們要你當眾說話時，在四種一般說話目的中總有一種是你內心要記住的。即你究竟是要向他們提供消息，還是歡娛聽眾，是說服聽眾贊同你的立場，還是遊說他們採取某種行動。在做公開演講時，我們應盡量使這些目的分明，無論在演講內容或演講的態度方面都應如此。

在平日的講話中，這些目的彼此相互包容，而且一日多變。在某個時刻也許我們還在與朋友縱情閒聊，突然在下一時刻我們卻在用三寸不爛之舌竭力推銷一種產品，或是在諄諄勸告孩子要把零用錢存入銀行裡去。如果可以把本書中講述的技巧應用於日常會話中，就可以更有效地說明自己的意念，並且可以技巧高超地成功激勵別人，充分達到我們的目的。

在日常談話中使用特殊的細節

在開始培養會話技巧之前，你必須先要自信。本書前面所介紹的一切都非常有用，它們能給你安全感，使你勇於與別人相處，並敢於在非正式的社交團體中發表自己的意見。如果你熱衷於表達自己的意念，你就會開始留心周圍的一切，檢索自己過去的經驗，並且把它們當成你的話題的資料。經過這一關，奇妙的事情發生了——你的視野開始擴展，你看到自己的生命有了新一層的意義。

家庭主婦們原來聊天的興趣多少有些局限，那些話題都只是在自己的小天地裡還有些興趣，但是自從她們在小談話圈子裡用上我們所介紹的說話技巧以後，便紛紛興奮地報告自己的新體驗。「我發現自己從此獲得更強的信心，使我有勇氣在社交集會裡起立發言，」一位名叫哈特的女士在辛辛那提的演講訓練班裡就這樣對同學說，「而且我開始對時事感興趣。我不再對那些正規談話的聚會畏縮膽怯。相反地，我已能熱切地加入了。不僅如此，我曾經做過的一切，都成為我談話的好素材。我發現自己已經對許多新的活動產生興趣。」

哈特女士的感激之辭對於一位教育家而言不感到受寵若驚。「學習」和「運用所學」的動力如果受到刺激，它即會開始一整串的行動與交互作用，使得個性非常活潑地開展，讓你取得成就的循環就此產生。誠如哈特女士所言，只要將本書裡的一項原則付諸實施，即能給個人帶來莫大的充實感。

我們不見得都是某個專業的老師，可是我們每一天都會有許多時候要用言語來對別人說明什麼。如父母教訓子女，如向鄰居解釋修剪玫瑰的新方法，如與其他觀光遊客就最佳旅遊路線交換意見等。所有這些場合都離不開說話，而且需要清晰、連貫的思考，需要強勁有力的表達。前面章節所介紹的有關說話技巧，同樣也可應用於這些場合。

在工作中使用有效的說話技巧

溝通的方法也會影響我們的工作，現在我們便來進行這個方面的討論。身為銷售員、經理、店員、部門主管、團隊領袖、教師、牧師、護士、主管、醫生、律師、會計師或工程師，我們都身負某個方面的職責，需要向有關人員解釋專業領域裡的知識，並對他們給予職業性的指導。我們是否能以清晰、簡明的語言來做這些解說，經常是我們的主管用以判斷我們能力的尺碼。從事「說明」性的演講練習，可以使我們養成快速思考與敏捷用詞的技巧，然而這種技巧不限於正式的演講，它也可以每天為每個人使用。

尋找機會當眾說話

在日常用語中使用本書中的法則，經常會使你獲得意外的大豐收。除此以外，你還應尋找和利用每個可以當眾說話的機會。怎麼做才能達到這個目的？比如，你可以參加某個使你有當眾說話機會的俱樂部。你不要只做一個不活躍的會員，只做一個旁觀者。在這個俱樂部裡，你要施展渾身解數，協助處理委員會的工作，大多數這樣的工作都是要到處求人的。設法當當節目主持人，這可以使你有機會去訪問社區裡的優秀演講家，而你自然也就必須擔負發表介紹詞的任務了。

利用本書中的建議做指南，盡早開始做二十~三十分鐘演講的練習。讓俱樂部或組織裡的人曉得你在準備對他們演講。籌募基金的組織會尋找志願人員替他們做宣傳，他們會向你提供一套演講的秘訣，這對你準備演說會有極大幫助。許多重要演講家就是如此起家的，其中有些甚至可謂異軍突起，成就非凡。以塞繆爾·列文森為例，他是一名廣播和電視雙棲明星，還是一個全國各地的人都想一聽為快的演講者。他過去在紐約任中學教師，平常喜歡就自己最瞭解的——像自己家庭、親戚、學生，以及工作中不尋常的方面，發表簡短的談話。不想這些談話竟然在聽眾那裡產生熱烈的反應，不久，他就被請去對許多團體發表

卡內基
語言的突破。

演講。儘管這些外務影響他的教書工作，但是他已經是許多廣播節目裡的特邀來賓了。不久，他便把自己的才華完全轉向娛樂界。

必須不斷堅持

我們學任何新東西時，像法文、高爾夫球或當眾說話，其進步從來就不會是穩步前行的。我們的表現會是波浪式的，它在經過一段高潮後，會突然停止，它有時甚至可能還會滑坡，失去原先已經斬獲的一些陣地。這種停滯或是衰退的現象，是所有心理學家都甚為瞭解的。這段時期被稱為「學習曲線中的高原地帶」。學習有效演講的學生們，有時也會在這些高原上受阻幾個星期。也許他們辛苦努力了半天，就是無法再往前行。意志薄弱者就會絕望而放棄，有膽識的勇者卻會堅持下去。在挺過這個階段後，他們會忽然發現，幾乎是在一夜之間，也不知道是什麼原因，奇蹟就發生了，他們已經能一躍千里了。他們像飛機一樣由高原起飛，陡地升入空中，使自己在演講中獲得信心。

你也許會像本書中其他地方所說的那樣，當最初面臨聽眾時，總會經歷一些恐懼，一些震撼，一些精神上的緊張。即使曾經做過無數次公開演出的音樂家，也會有相同的感覺。帕德雷夫斯基快要在鋼琴面前坐下時，總是緊張地摸弄袖口。可是等他開始彈奏，他所有的恐懼就如八月陽光裡的霧，瞬間消逝無蹤。

他的經驗也可以作為你在經歷此情境時的參考。只要你能堅忍不拔，不久你的所有顧慮就會一掃而光。包括這種初期的恐懼，在你說過開始的幾句話以後，就會完全控制住自己，度過這一關以後，你就會自信而歡喜地講下去。

有一次，一位渴望學習法律的年輕人寫信向林肯求教。林肯回答他：「如果你已經下定決心要做律師，事情就已經成功了一半有餘……要隨時記住，你相信自己必定成功的決心，比任何事情都重要。」

林肯的書本從未離過身。林肯有一次說，他曾經步行到五十英里以外的地方去借書。在他的小木屋裡，柴火總是燃燒終夜，有時他會就著火光讀書。小木屋的木頭間有裂縫，林肯往往就朝那裡塞上一本書。等到早晨天亮可以看書了，他就一骨碌自樹葉床上爬起，揉著眼睛，拉出書本來開始「狼吞虎嚥」。

他會走上三十英里的路去聽人演講，回到家以後，就到處練習演講——在田野裡、在樹林中、在雜貨店聚集的人群前。他還曾加入新沙侖和春田的文學與辯論學會，練習與評論當時的各種題目。他在女性面前很害羞，當他追求瑪麗時，總是坐在走廊上，羞澀而沉默，找不到話說，只聽著她一個人唱獨角戲。然而就是這個人，他在家裡窮讀不休，到處勤練不輟，最終把自己塑造成一名演講者，進而得以與當時最傑出的雄辯家道格拉斯參議員展開世紀辯論，以一決雌雄。也就是這個人，他在蓋茲堡發表演講，接著又第二次總統就職演講上崇論宏議，冠絕古今。

白宮總統辦公室牆上懸掛有一幅上好的林肯畫像。「經常當我有事情要決定時，」西奧多・羅斯福說，「比如一些複雜而難以處理的事情，比如一些權益相衝突的事情，我就會抬頭看著林肯，假想他處於我的位置，設想他在相同的情況之下會採取什麼辦法。聽來也許荒唐，可是真的，這樣似乎就使我的問題容易解決得多了。」

想像你將獲得的成就

幾個夏天以前，我在奧地利境內的阿爾卑斯山區裡，出發去攀登一處名叫韋爾德・凱瑟的山峰。《貝克旅行指南》裡說，攀登該峰甚為困難，業餘爬山者應備嚮導。我和朋友兩人未雇嚮導，而我們也確實是業餘。因此一位第三者便問我們，我們是否自信能成功。「當然！」我們回答。

「你們怎麼會這樣認為？」他問。

「別人也曾經無須嚮導而成功過。」我說，「因此我曉得這應該是入情入理的，同時我從事任何事情時，從來不會想到失敗。」

這是做任何事情都應該抱有的正確心態，從演講到征服聖母峰，無一不是如此。

你成功的程度，取決於演講前你所做的思考。不妨假想自己以全然的自信向別人講話。

這是你能力之內極易做到的事。相信自己會成功，堅定地相信，這樣你就會去做導向成功所必須做的一切。

大多數在我們班上受訓的學員所獲得的最寶貴的東西，是對自己的信心大增，是對自己成功的能力多了一分信任。在各種事業裡，還有什麼能比成功對一個人更為重要？

愛默生如是寫道：「無熱誠即無偉大。」這不只是一句文學修辭，它是通往成功的路徑圖。

威廉・萊昂・費爾恐怕是有史以來在耶魯大學教書的教授中，最受愛戴與歡迎的一位了。他在《教書熱》一書裡陳述說：「對我而言，教書實在甚於藝術和其他職業。它是一種狂熱。我愛煞教書，就像畫家愛畫，歌手愛唱，詩人愛寫。早晨起床之前，我總是熱烈快活地想著我的那一群學生。」

一位老師對自己的職業滿懷著熱情，對面前的工作充滿激情，他能達於成功，又何奇之有。費爾教授之所以能對學生產生巨大影響力，大半由於他在教學裡加入了關愛、赤誠與熱情。

若將熾情加入有效說話的學習中，他會發現沿途障礙都消失不見。這是一項挑戰，要你集中所有心智和力量，放在與自己同類的弟兄有效溝通的目標上。想想那種自恃、自信和閒適的神態都是屬於你的，想想那種掌握注意、震動情感與說服群眾去行動的勝利感。你會發現，自我表達的能力也能培養其他方面的能力，因為有效說話訓練是一條康莊坦途，能增強通往各行各業與各種生活中所必備的自信。

在給教導《戴爾・卡內基課程》的老師們的教學手冊裡，我寫了這些話：

> 學生們發現自己可以掌握聽眾的注意，受到老師的讚美，與全班的鼓掌——當他們可以做到這些時，他們就已經培養一種內在的力量感，培養勇氣和沉靜，這是他們從未經歷過的。結果如何？他們開始去從事並且完成許多自己從未夢想可能的事情。他們發現自己渴望在眾人面前講話，他們成為商業和各行業與

社區活動裡的活躍份子，最後甚至成為領導人物。

清晰、有力、強勁的表達，正是我們社會中統御術的標記之一。這種表達支配著領導人。無論你在私人訪問中還是在公開宣告中，只要你的一切言語能善用本書中的技巧，一定可以使你在家庭、教會團體、民間組織、公司和政府機關中，躊躇滿志、領袖群倫。

一第六章一

增強記憶力的有效法則

The Quick and Easy Way to
Effective Speaking
Carnegie

我們這裡所稱的「記憶的自然法則」其實十分簡單，它一共只有三項，每個所謂「記憶系統」都是以它們為基礎的。簡單地講，這三項是指印象、重複和聯想。

記憶的第一項法則：對於想要記憶的事物，獲得深刻、生動而且持久的印象。想要達到這個目的，你就必須要集中注意力。羅斯福總統有驚人的記憶力，這給所有見過他的人留下深刻的印象。他之所以有這種傑出能力，主要是因為他將自己要記住的東西的印象彷彿深深刻在鋼鐵上一般，而不是將它們寫在水面上。他的這種能力是他透過堅強的意志練習和訓練出來的。這使他即使在最混亂的情況下也能集中精神。

一九一二年於芝加哥舉行的會議，其總部就設在國會大廈。群眾湧向旅館下的街道，揮舞著旗幟，高呼：「我們要西奧多！我們要西奧多！」群眾的呼喊聲，樂隊的奏樂聲，進進出出的政治家，匆匆召開的會議，各種密謀與磋商，整個場面非常混亂而嘈雜，如果是換上普通人，可能已經被攪得心神不寧，但羅斯福卻安然坐在他房間的搖椅上，全然不顧會場內外的混亂與嘈雜，專心閱讀著古希臘歷史學家希羅多德的作品。有一次，羅斯福在巴西野營旅行期間，每天傍晚，一到達宿營地，他就立刻在大樹底下找一個乾燥處，取出一張露營用的小凳子，開始閱讀隨身攜帶的一本由英國歷史學家吉朋寫的《羅馬帝國衰亡史》，並且立刻沉迷於書中，完全忘掉了滂沱大雨、營區的嘈雜聲以及熱帶雨林區發出的異樣聲響。在這

自然法則之一：印象

發明大王愛迪生曾經發現，他的二十七個助理研究員，每天來往於紐澤西州門羅公園內，這是一條從他的電燈工廠通往主要實驗室的固定路線。他們一連走了六個月之久。有意思的是，在這條路旁長有一棵櫻桃樹。有一次，當他詢問這些員工是否見到過它時，這二十七個人竟然沒有人注意到這棵樹的存在。

為此，充滿熱情與活力的愛迪生大發感慨：「常人的頭腦所注意到的東西，還不及他眼睛所看到的千分之一。我們的觀察力——真正的觀察力——竟然貧乏到了令人難以置信的程度。」

試試看，把一個普通人介紹給你的兩三位朋友。我敢保證兩分鐘之後，他可能再也記不起其中任何一人的姓名了。為什麼會如此？因為他一開始就沒有充分注意他們，他也從未認真而準確地觀察過他們。他很可能會為此結果開脫，說他的記憶力不好。不，這不是記憶力的問題，而是因為他的觀察力太差。在現實生活中，你不應責備相機為什麼拍不下霧中的景象，只能責怪你的腦袋為何不能捕捉住那些相當模糊又朦朧的雨中即景。

創辦《紐約世界報》的約瑟夫·普立茲在他編輯部的每位員工的桌子上都寫著重複的兩個字：

「正確—正確—正確。」

這正是我們在各個行業做每件事時所需要的。首先要聽清楚對方的正確姓名，一定要弄清楚。如果沒有聽懂，可以請他重複一遍，甚至問他筆劃是怎樣寫的。對於你的細心他不僅不會不耐煩，相反還會因為你對他的名字顯得如此有興趣而感到受寵若驚。正是因為你已經在他的姓名上集中過注意力，所以你能牢牢記住他的姓名。透過這個過程，你已經對你的對象獲得一個清晰、正確的印象。

林肯為什麼要高聲朗讀——林肯小時候上的是一所很貧窮的鄉下學校，這所學校連地板都是用碎木頭拼湊而成的，教室的窗戶也沒有安裝玻璃，而是貼著從習字帖上撕下來的沾滿油汙的紙張。全班就只有一本教科書，老師就拿著它大聲朗讀。學生們跟著老師念課文，大家齊聲朗讀，因此教室裡吼聲連綿不斷，附近住的人家甚至戲稱這所學校為「長舌學校」。

就是在這所「長舌學校」裡，林肯養成終生不變的一個習慣，那就是，凡是他想要記住的任何東西，都要大聲朗讀。對此，他做出解釋：「當我大聲朗讀時，會有兩種感覺：第一，我彷彿看到我所閱讀的東西；第二，我彷彿聽見我所念的東西，因此我就可以牢牢記住它們。」

林肯的記憶力相當好。他曾經說：「我的注意力就像一塊鋼鐵，平時一般的東西很難刻上去，但如果刻上去，我就擦不掉它們了。」

他以上所提的那兩種感覺，就是他在注意力的鋼板上刻字的方法，你也可以如法炮製。最理想的做法不僅是要看到及聽到你所要記憶的物件，同時還要去摸它，嗅聞它，品嘗它。

但是，最重要的還是要看到它。我們人類是一種有視覺思想的動物，眼睛所注視的印象可以經久不衰。我們經常可以記住某人的臉，即使我們記不住他的姓名。從眼睛通往腦部的神經，比從耳朵通往腦部的神經要大二十五倍。中國有一句格言叫：「百聞不如一見。」

把你希望記住的姓名、電話號碼以及演講的大綱寫下來。經常翻閱它，然後閉上眼睛。想像他們就浮現在你面前，當你這樣做時，就像每個字都是由閃亮發光的字母寫成似的。

馬克・吐溫如何學會不看筆記演講——馬克・吐溫在其演講生涯的最初幾年，總是離不開筆記及摘要。後來，他發現運用他的視覺記憶力很有效，於是他就可以把筆記及摘要丟棄一邊。他曾經在《哈潑雜誌》上敘述這個轉變的過程，現在轉錄如下：

日期是很難記憶的，因為它們是由數字組成的：數字的外表極為單調平凡，難以引起人們注意。它們無法被組成圖形，因此也不會吸引人們視覺的注意。圖畫卻可以使日期讀起來很醒目，尤其如果它們是你親自設計的圖案，這一點很重要，即自己設計圖畫。我有過這種體驗。三十年前，我每天晚上要背誦一篇演講，為此，我必須以一張紙條來提醒我自己，以免我把自己給弄糊塗了。那張紙條上寫著一些句子的開頭部分，共有十一句，其形式大致如下：

在那個地區，天氣……

那個時候的習俗是……

但是加州人從未聽過……

一共十一句。它們是這個演講每個段落的開頭。這樣可以幫助我，使我不至於遺漏其中任何一段。但是當我把它們寫在紙上時，它們看起來都一樣，因為它們並未被構成任何圖形。我只是在心裡記著它們，但一直無法肯定地記住它們的先後順序。為此，我不得不隨時拿著那張紙，不時地看上一眼。有一次，我不知道把它們放在哪裡。你永遠無法想像出我那天晚上心情的恐慌程度。從那以後，我發明其他一些保護的方法。我按照所有句子的先後次序在心中默記它們的第一個字：在、那、但……到了第二天晚上上台時，我又用墨水把這十個字寫在我的十根指甲上，但是沒有用。我還是只能暫時記住它們，隨即就忘記了。因為在台上我一時無法確定我已經用掉了哪根指頭，以及下一句應該用哪一根指頭。我當然不能在用完那根指頭以後，就把指甲上的墨水舐掉，這樣做雖然對我有幫助，但那會引起聽眾的好奇。事實上，儘管我未那樣做，聽眾們就已經對我感到相當好奇了。我發現，他們對我的指甲似乎比對我的演講更感興趣。在演講完畢之後，甚至還有一兩個人跑上來問我的手是否有什麼毛病。

就從那個時候起，我忽然有畫圖的念頭。從此，我的煩惱也全部消失了。在兩分鐘之內，我用筆畫了六張圖，用它們取代原先用指頭標色作為提醒句子的工作，這樣改變以後效果極佳。當我一畫完之後，就把那些圖畫拋在一旁，因為有了這些鮮明的圖像之後，只要我閉上眼睛，隨時都可以看到它們浮現在我的眼前。這個故事已經是二十五年以前的事情。有意思的是，儘管那次演講到底談了什麼已經在我腦海中消失，但那些圖畫卻仍深深印在我腦海裡，我可以根據那些圖畫，把當時所講的東西重新回憶出來。

有一次，我要發表一篇關於記憶力的演講，想要大量使用本章的材料。於是，我用圖畫來記住各項要點。我想像以下的情景：羅斯福正坐在房間裡看歷史書籍，群眾在他窗下的街道上大聲喊叫著什麼；我還看到林肯正坐在椅子上高聲朗誦報紙；我還想像著馬克・吐溫在觀眾面前舔著指甲。

我如何才能記住這些圖畫的順序？按照一、二、三、四的順序？不，這樣做太難了，我把這些數字順序變成圖畫，然後把數字的圖畫與要點的圖畫聯結在一起。說明如下：一（One）的聲音有些像跑（Run）發出的聲音，所以我用一匹奔跑中的馬代表一。這樣，我便想像著羅斯福在他的房間裡，坐在一匹馬上看書；二（Two），我也選用了一個與之聲音接近的Zoo（動物園）。我把愛迪生考員工們注意力的那棵櫻桃樹想像成是生長在動物園裡關著大熊的鐵籠子旁邊；三（Three）我想像出一種念起來聲音跟它很像的東西——Tree（樹木）。我想像林肯橫躺在樹頂上，對著他的夥伴高聲朗讀；四（Four），我想像一幅跟它聲音很像的圖畫——Door（門）。馬克・吐溫站在一扇敞開的大門前，背靠著柱子，舔著他指甲上的墨水，同時在面向聽眾發表演講。

我很清楚，很多人讀到此處一定會認為這種方法幾近荒唐。事實上也是如此。儘管如此，但是它能發揮功效。道理就在於，荒唐及怪異的事情是相當容易記憶的。就算我以數字的方式中規中矩地記住我的要點順序，我可能很快就將它們忘記了。但是如果採用我剛剛描述的方式，想要忘掉它幾乎也是不可能的。當我想要記起第三點時，我只要問我自己：在樹上的是什麼，我立刻就看到林肯。

為了方便起見，我已經把從一～二十的數字轉變成圖畫，選擇與數字的聲音相近的圖畫。你只要花費半個小時來記憶這些圖畫數字，就可以隨時記住這二十種事物。只要你按照它們的正確次序把它們重複說出，你就可以隨意說出哪個東西是你記憶中的第八項，哪一個是第十四項，哪一個是第三項……

以下就是圖解後的數字。試試看，你將會發現這樣記憶極為有趣。

（一）Run（跑）——想像一匹馬在奔跑。

（二）Zoo（動物園）——想像動物園中裝熊的籠子。

（三）Tree（樹木）——把所記憶的事物想像成躺在一棵大樹上。

（四）Door（門）——或是Wild pig（野豬）。挑選任何聲音很像Four（四）的物品或動物。

（五）Bee Hive（蜂房）。

（六）Sick（生病）——想像一位戴紅十字的護士。

（七）Heaven（天堂）——街上鋪滿黃金，天使在彈奏豎琴。

（八）Gate（大門）。

（九）Wine（酒）——酒瓶翻倒在桌上，瓶裡面的酒流了出來，滴到桌子下。在圖畫中加入動作。這可以加深印象。

（十）Den（獸穴）——在叢林深處岩石洞穴中是野獸的洞穴。

（十一）由十一個人組成的橄欖球隊，正在球場上瘋狂衝刺。我想像他們把我想要記憶的第十一件事物丟在半空中傳來傳去。

（十二）Shelf（架子）——想像某個人正把某樣東西放在架子上。

（十三）Hurting（受傷）——想像你見到鮮血從一處傷口噴出來，把第十三項東西染紅了。

（十四）Courting（求愛）——一對情侶坐在某樣東西上親熱。

（十五）Lifting（舉起）——一個很強壯的男子正把某樣東西高舉於頭頂上。

（十六）Licking（打架）——一場激烈的鬥毆。

（十七）Fermatation（發酵）——一位家庭主婦正在揉麵團，並且把第十七項物品揉入麵團中。

（十八）Waiting（等待）——一個女人站在林中的一條岔路上，等著某個人。

（十九）Pining（相思）——一個女人在哭泣。想像她的眼淚滴在你希望記憶的第十九件物品上。

（二十）Horn of Plenty（豐富之角）——一隻山羊角裡盛滿鮮花、水果、玉米。

如果你想要試試，先花幾分鐘時間記住這些圖畫數目。如果你願意，可以自己設計圖形，如果是十，你可以想成是Girl（小妞），或是Fountain Pen（自來水筆），或是Hen（母雞），或是任何發音很像Ten（十）的東西。假設你希望記住的十件東西是風車。可以想像母雞坐在風車上，或是想像風車正把墨水抽上來，裝滿鋼筆。然後，當你問自己第十項物品是什麼東西時，根本不要想到十，只要問你自己：母雞坐在什麼地方。你可能認為這沒有效，但值得試試看。不久，你將會令他人大吃一驚，因為他們認為你已經具有極不尋常的記憶力。到了這個時候，你將會發現，這是一件最有趣的事情。

自然法則之二：重複

背誦跟《新約．聖經》一樣長的書——世界上規模最大的大學之一，是開羅的艾資哈爾大學。這是一所回教大學，有兩萬一千名學生。在這所大學的入學考試中，要求每位申請入學的學生背誦《古蘭經》。《古蘭經》的長度和《新約．聖經》相近，需要三天時間才能背誦完。

中國的學生，古時被稱作「學童」，他們也必須要背誦一些中國的宗教及典籍。

這些阿拉伯及中國學生為什麼能表現出如此的記憶？

原來，他們採用一種不斷重複的方法，也就是我們這裡要介紹的第二條記憶的自然法則。

你可以記住那些難以數計的資料——只要你經常重複它們即可。經常複習你希望記住的知識，不斷地使用它，實踐它，把新字運用於你的交談中。在交談中談論你希望在演講中提出的要點，用過的知識及資料會令你難以忘懷。

正確有效的重複方式——但是，只是盲目而機械地強記及複習某個知識是不夠的。應該重複得有智慧，要配合某種固定的思想特點進行複習——這才是我們所應該具備的方法。艾賓豪斯教授選了許多沒有任何意義的音節讓他的學生們去背誦，比如「Deyux」、「Goli」等。他發現，不到三天的時間，這些學生就將這些怪字平均重複背誦三十八次，竟然可以將它們全部記下來，如果他們一口氣將之重複念六十八遍，也同樣可以全部記下來……其他的各種心理測驗也一再顯示出相同的結果。

這是對記憶力進行實驗的一項重要發現。這個實驗還顯示，如果一個人坐下來，不斷重複某件事，一直到把它深印在記憶中為止。他所要花費的時間與精力，正好是他在一定時間間隔區段進行重複行為而獲得相同結果的兩倍。

這種怪異的理想行為——如果我們可以如此稱呼它——可以由以下兩種因素來加以解釋。

第一，在重複行為的時間間隔內，我們的潛意識一直在忙於將它們形成更可靠的聯結。誠如詹姆斯教授所說：「我們在冬天學會游泳，在夏天學會滑雪。」

第二，在分段時隔進行重複時，我們的頭腦不至於因為連續不斷地工作而感到疲憊不堪。《天方夜譚》的譯者理查・波頓爵士能流利地說二十七種語言，但是他承認，他每次練習或研究某種語言絕對不會超過十五分鐘，「因為超過十五分鐘，頭腦就會失去對它的新鮮感。」

在知道以上這些事實之後，我們相信，即使是一位自稱是擁有豐富常識的人，也不會等到在發表演講的前夕才去進行準備工作。如果他真要等到演講前才動手，他的記憶力將只能發揮其效率的一半。

自然法則之三：聯想

記憶力良好的秘訣——前兩項有關記憶的法則已經談得很多了。以下要談的第三項法則——聯想——也是記憶力所不可或缺的要素。事實上，它等於是對記憶力本身的解釋。詹姆斯教授很明智地指出：我們的頭腦基本上是一具聯想的機器……假設我先沉默一會兒，然後以命令的口氣說：「記住！回想下去！」你的記憶器官是否會服從這個命令，並且可以回想起你過去經歷過的某種肯定的形象？當然不會。它會當場愣住，茫然不知所措，並且問：「你希望我記住什麼事情呀？」簡單地說，要使它發生作用需要一點指示。也就是說，如果我說，記住你的出生日期，或是回想你早餐吃了什麼東西，或是想一想音符的順序，你的記憶器官將會立即產生我所要求的結果：這種提示會將很多可能性集中於特別的一點上。而且如果你進一步去探究這是如何發生的，你立刻就會察覺：這種提示與你回憶起來的事物有某種相近的關聯。「我的出生日期」這句話與某個特定的數字、月份與年份有根深蒂固的關聯；「今天的早餐」這句話會立刻切斷你所有的記憶路徑，而只留下一些回憶路徑，把你引向咖啡、醃肉與蛋；「音符」這個名詞則是「do、re、mi、fa、so、la、si、do」的鄰居。事實上，聯想的法則影響我們的許多思想，而且絕對不會受到情感的妨礙。

出現在腦海中的任何東西必須要經過引導。在被引導進入腦海之後，它會立即和原來已經在腦海中的某項事物聯結在一起。無論是你所回憶的，或是所想的……都是相同的道理。經受過教育的記憶力，還須依賴有組織的聯結系統發揮作用；其精華則仰賴它們的兩項特點：第一，聯結的持久性；第二，它們的數字。因此，「良好記憶力的秘訣」就是和我們所欲記憶的各項事實，達成變化多端的聯結。但是，除了盡量多想到這項事實之外，這種和事實組成的聯結又是什麼？簡單來說，在兩個有相同外在經驗的人之中，那個對他的經驗想得最多，並且把它們彼此編織成最有系統關係的人，將是擁有最佳記憶力的人。

如何把你的事實聯想在一起？我們又如何著手把事實彼此編織成一種最有系統的關係？答案是這樣的：找出它們的意思，對它們進行仔細思考。例如，只要你能對任何新的事實提出質問及回答以下這些問題，可以協助你把這項新的事實與其他事實編織成一種有系統的關係：

為什麼會這樣？
是怎麼造成這樣的？
是什麼時候變成這樣的？
是在什麼地方造成這樣的？
是誰這樣說的？

例如，如果我們要記憶的是一個陌生人的名字，而且那是一個很普通的名字，我們也許可以把它和某位名字相同的朋友聯想在一起。從另一方面來說，如果我們要記憶的是一個很罕見的名字，我們也可以藉機提出疑問。這通常會促使這位陌生人談起他自己的姓名。例如：我在撰寫本章時，有人介紹我和一位索特太太認識。我請她告訴我這個姓氏應該怎麼寫，並且表示她的這個姓很罕見。她回答：「是的，這個姓很少見，這是一個希臘字，意思是『救世主』。」然後，她告訴我，她先生的族人來自雅典，而且有很多親戚曾經在希臘政府擔任高級官員。我發現，要讓人們談起他們的姓名很容易，而這樣做能為我把他們的姓名記住提供很大的幫助。

注意觀察陌生人的外表，注意他的頭髮以及眼睛的顏色，看清楚他的五官，注意他的穿著，聽聽他談話的語氣。對他的外表及個性獲得一個清楚、深刻而生動的印象，並且把這個印象和他的姓名聯想在一起。下一次當這些深刻的印象回到你的腦海中時，它們將協助你記起對方的姓名。

你不是也有過這種經驗嗎？——你和某人已見過兩次或三次了，但是你卻發現：雖然你記得他是做什麼的，但就是記不起他的姓名。例如，有二十個彼此陌生的人，最近在費城的潘思運動員俱樂部集會。每個人都被要求站起來說明自己的姓名與職業，然後發明一個句子把這兩者聯結起來。透過這種方式，在幾分鐘內，在場的每個人都可以記住屋內其他人的姓名。在經過多次這類的會議之後，他們的姓名與職業都未被其他人遺忘，因為這兩者已經被聯結在一起，所以它們能被人牢記不忘。

以下是那群人之中的幾個姓名，按照字母順序排列。在姓名後面的是用來聯結姓名與職業的句子：

Mr. G・P・Albrecht（砂石業）——「砂石使一切明亮（au bright）。」

Mr. G・W・Bayless（柏油業）——「使用柏油可以省錢（payless）。」

Mr. H・M・Biddle（羊毛業）——「Biddle先生piddles（從事）羊毛業。」

Mr. Gideon Boenicke（礦業）——「Boenicke先生bores（鑽）礦的速度很快。」

Mr. Thomas Devery（印刷業）——「每個人（every）都需要Devery的印刷。」

Mr. O・W・Doohttle（汽車業）——「不努力（Do little）汽車就賣不出去。」

Mr. Thomas Fischer（煤炭業）——「他探求（fish for）煤炭訂單。」

Mr. FrankH・Goldey（木材業）——「木材業中有黃金（Gold）。」

Mr. H・Hancock（《星期六晚郵報》雜誌社）——「在《星期六晚郵報》的訂閱單上，簽上John Hancock的名字。」

如何記住年份——記住年份的最佳方法，就是把年份和腦中原已記得很牢的重要年份聯結在一起。例如，如果要一個美國人去記住蘇伊士運河是在一八六九年開放通航的，那將很困難，但如果你要他記住，蘇伊士運河是在美國內戰結束四年後才開放供第一艘船通過，豈不是容易多了？如果一個美國人想要記住澳洲的第一個屯墾區是在一七八八年建立的，這個年份將很快從他的腦海中消失，就如同一枚鬆脫的螺絲釘，會很快地從汽車上脫落，但如果他把這個年份和一七七六年七月四日聯想在一起去記憶，澳洲的第一個屯墾區是在美國發表獨立宣言的十二年以後建立的，就很容易牢記不忘。這就像是把一枚螺帽套入鬆脫的螺釘中，能叫你牢記不忘。

當你在選擇電話號碼時，最好也牢牢記著這項原則。例如，作者本人的電話號碼是一七七六，正是美國獨立的年份。因此，沒有人會覺得這個號碼不好記憶。如果你在選擇電話號碼時，可以選用像一四九二、一八六一、一八六五、一九一四、一九一八這些有歷史性意義的年份，你的朋友在打電話給你時，就不必去查電話號碼簿。他們可能會忘記你的電話號碼是一四九二，因為你在告訴他們號碼時十分平淡無奇，但是如果你這樣介紹你的電話號碼：「我的電話號碼很容易記：一四九二，也就是哥倫布發現新大陸的年份。」他們還會忘記嗎？

當然，正在閱讀本章內容的澳洲、紐西蘭、加拿大及其他各國的讀者，可以用他們自己國家歷史上的重要年份來替代一七七六、一八六一、一八六五。

記住下述年份的最好方法是什麼？

一五六四——莎士比亞誕生的年份。

一六〇七——英國人在詹姆斯鎮建立他們在美洲的第一處屯墾區。

一八一九——維多利亞女王於這一年出生。
一八〇七——李將軍於這一年出生。
一七八九——法國巴士底監獄被摧毀。

如果你想記住美國最初十三個州的州名，而且還要按照它們加入聯邦的先後次序予以記憶，要是你只知道以機械式的重複方法來進行，你一定會覺得難以成功。但如果用一段故事把它們串聯起來，你只要花費一些時間練習一下，就可以記得很牢。只要把以下這段念一遍，集中注意力。念完之後，看看你是否能按照正確的次序把這十三個州的州名一一列舉出來。

某個星期六下午，一名妙齡小姐向賓州鐵路公司買了一張車票，準備出外度假。她把一件紐澤西州的毛衣放入衣箱內，然後去拜訪他的朋友喬治，他住在康乃狄克州。第二天，女主人和她的客人一起去做彌撒（也是麻塞諸塞州的簡稱），教堂就在瑪莉的土地（指馬里蘭州）。然後他們沿著南下車道（South Car Line 南卡羅萊納州的諧音）回到家裡，中餐吃火腿，是由黑人廚子維吉尼亞烹調的，這名廚子來自紐約。吃完中餐後，他們沿著北上車道（北卡羅萊納州的諧音），開車前往島上遊覽。

如何記住你演講的要點？我們思考一件事的方式只有兩種：第一，經由「外在的刺激」；第二，與早已存在於腦海中的某事聯想在一起。把它們應用於演講時就是這樣：第一，你可以借助於某些外來的刺激——例如，筆記和紙條——協助你記住演講的要點。但是，誰願意去看一位帶著紙條的演講者？第二，你可以把你的演講要點和早已存在於腦海中的某些事情聯想起來。而且這些要點應該以合理的次序安排，使第一項要點必然引你走向第二點，然後由第二點走向第三點，就像一間房間的大門，必然能通往另一房間那般自然。

這聽起來似乎很簡單，但實施起來不容易，特別是一些初學者，他們的思考能力是抵擋不住恐懼感的。但是，有一個可以把你的要點聯結在一起的方法，十分容易，而且很快就會發生效果，萬無一失。這個方法就是編造一句無意義的句子。說明如下：假設你希望談論一連串的主題，這些主題彼此之間不連貫，因此很難記住，例如，牛、雪茄、拿破崙、房子、宗教。我們看看是否能利用以下這個可笑的句子，把它們串聯起來：「老牛抽著一根雪茄，用角把拿破崙抵住，房子被宗教教徒燒成大火。」

現在，請你用手遮住以上這個句子，然後回答以下這些問題：以上所說的第三項要點是什麼？第五點呢？第四點呢？第一點呢？

這個方法有效嗎？確實有效！你如果想增進你的記憶力，就趕快採用它。

任何成群的念頭，都可以用這種方式串聯，而且用於串聯的句子越是荒謬，越是容易記憶。

如果完全忘記了，怎麼辦？讓我們如此假設：儘管一位演講者事前已經做過周全的準備及預防，但她在向教堂的一群教友發表演講中途，突然發現自己腦中一片空白——她完全靜止，茫然望著她的聽眾，無法繼續說下去——很可怕的一種情況。她的自尊心反對她在混亂與失敗中坐下來。她覺得自己可能還可以想出她所要說的下一點，或是想出更多的要點，只要給她十秒或是十五秒。但是，即使你只在聽眾面前慌慌張張地沉默上十五秒鐘，已經是很嚴重的事情。應該怎麼辦？有一位著名的美國參議員最近在遇到這種情況時，他立刻問他的聽眾，他說話的聲音夠不夠大，最後幾排的聽眾是否聽得見他的聲音。他早就知道自己的聲音足以令後排的聽眾聽見，因此他不是在徵求意見，而是在爭取時間。在那短暫的停頓時刻內，他立刻想起要說的話，然後繼續說下去。

但是，在這種心神慌亂的情況下，也許最好的挽救方法就是這種：利用你最後一段談話的最後那個字，或是最後那個句子或是最後的那個主題，作為新段落或新句子的開頭。這將形成一條永無盡頭的鎖鏈，就像英國桂冠詩人丁尼生筆下的小溪永遠流個不停。讓我們來看看這個方法如何運用。我們不妨想像，有一位演講者正在談論「事業成就」的問題，他在說完以下這段話之後，就發現自己腦中突然一無所有，空白一片。他說：「一般的職員之所以無法獲得升遷，主要是因為，他對他的工作沒有真正的興趣，表現不出進取的精神。」

「進取的精神」，以「進取的精神」來作為一個句子的開頭，你可能不知道你會說什麼，或將如何結束這個句子，但是不管怎麼樣，起個頭。即使表現得很差勁，也總比承認失敗要好得多。

「『進取的精神』就是主動性，自己主動去做某件事，而不是等待別人的吩咐。」

這不是很有智慧的說法，也不會在演講上名垂千古。但這豈不是比痛苦的沉默好得多？我們最後的幾個字是什麼？——「等待別人的吩咐」。好吧，我們就用這個觀念來造個新句子。

「不斷吩咐、指示及驅使那些拒絕從事任何主動進取積極思考的公司職員，是最令人感到憤怒的事，也是令人難以想像的事。」

好了，這一段完成了。我們再來一遍，現在我們必須談談想像了。

「想像——這就是我們所需要的。幻想，『沒有幻想的地方，』所羅門說過，『就沒有人類的存在。』」

我們已經順利地說完兩段，現在我們可以振作起精神，繼續下去：

「每年在商業競爭中被淘汰的公司職員人數，真是令人感到悲哀。我說的悲哀，因為只要多一些忠誠，多一些進取心，多一些熱誠，這些被淘汰的男女員工就可以使自己跨越失敗，走向成功。然而，失敗者永遠不會承認這是他們失敗的原因。」

如此繼續進行下去……但演講者在說出這些濫竽充數的同時，應該努力去思索他原來演講中的下一要點，想出他原來打算要說的話。

這種沒有終止的連鎖思考方法，如果延續下去，可以拖得很長，可能使演講者和聽眾們討論起梅子布丁和金絲雀的價格。但是，對於因為遺忘而暫時失去控制的受傷頭腦來說，這卻是最佳的急救方法：也因此挽救許多次垂垂待斃的演講。

我已經說過如何增強「獲得生動印象」、「重複」及「把我們所獲得的事實聯想在一起」的方法。但記憶力基本上是一項聯想事物，誠如詹姆斯所指出的，「一般性或基本性的記憶力是無法予以增強的，我們只能加強對特別聯想事項的記憶力。」

例如，每天記憶一段莎士比亞的名句，可能把我們對文學名句的記憶力增加到一種驚人的程度。每個名句在進入我們的腦中之後，將會發現那裡有許多朋友可以彼此結合在一起。但是，把從哈姆雷特到羅密歐的所有莎士比亞作品全部背下來，未必可以協助我們記憶棉花市場或煉鐵過程這類事實。

我們再來重複一遍：如果我們配合使用本章中所討論的這些原則，將可以改善我們記憶任何事物的「方法」與「效率」；但是，假使我們不運用這些原則，就算記住有關棒球的一千萬項事實，對於我們記憶股票市場，連一絲一毫的幫助也沒有。這種不相關的資料是不能聯想在一起的。「基本上，我們的頭腦是一種聯想的機器。」

心學堂 10

卡內基
語言的突破。

作者	戴爾・卡內基
譯者	雲中軒
美術構成	騾賴耙工作室
封面設計	斐類設計工作室
發行人	羅清維
企劃執行	張緯倫、林義傑
責任行政	陳淑貞
企劃出版	海鷹文化
出版登記	行政院新聞局局版北市業字第780號
發行部	台北市信義區林口街54-4號1樓
電話	02-2727-3008
傳真	02-2727-0603
E-mail	seadove.book@msa.hinet.net
總經銷	知遠文化事業有限公司
地址	新北市深坑區北深路三段155巷25號5樓
電話	02-2664-8800
傳真	02-2664-8801
網址	www.booknews.com.tw
香港總經銷	和平圖書有限公司
地址	香港柴灣嘉業街12號百樂門大廈17樓
電話	（852）2804-6687
傳真	（852）2804-6409
CVS總代理	美璟文化有限公司
電話	02-2723-9968
E-mail	net@uth.com.tw
出版日期	2021年05月01日　一版一刷
	2022年07月20日　一版五刷
定價	300元
郵政劃撥	18989626　戶名：海鴿文化出版圖書有限公司

國家圖書館出版品預行編目（CIP）資料

卡內基 語言的突破 ／ 戴爾・卡內基作 ； 雲中軒譯.
-- 一版. -- 臺北市 ： 海鴿文化，2021.05
面 ； 公分. --（心學堂；10）
ISBN 978-986-392-376-3（平裝）

1. 演說術 2. 說話藝術 3. 溝通技巧

811.9　　110005263